UMA MULHER
CHAMADA GUITARRA

Crônicas escolhidas
de Vinicius de Moraes

O casamento da lua, Para viver um grande amor, Chorin
Uma mulher chamada guitarra, Uma viola-de-amor, Me
arte de ser velho, O tempo sob o sol, Depois da guerra, Se
poesia, Velha mesa, O exercício da crônica, Operários em
sábado, Do amor aos bichos, O casamento da lua, Para v
com uma flor, Conto rápido, Uma mulher chamada guita
do meu pai, Velho amigo, A arte de ser velho, O tempo so
O exercício da crônica, Sobre poesia, Velha mesa, O exe
Seu "Afredo", Apelidos, Dia de sábado, Do amor aos bic
para a amiga, Para uma menina com uma flor, Conto rápi
de ilha, A casa materna, O dia do meu pai, Velho amigo, A
da primavera, Morte natural, O exercício da crônica, S
construção, Batizado na Penha, Seu "Afredo", Apelidos, D
um grande amor, Chorinho para a amiga, Para uma men
Uma viola-de-amor, Menino de ilha, A casa materna, O
sol, Depois da guerra, Sentido da primavera, Morte natu
da crônica, Operários em construção, Batizado na Penha
casamento da lua, Para viver um grande amor, Chorinh
Uma mulher chamada guitarra, Uma viola-de-amor, Me
arte de ser velho, O tempo sob o sol, Depois da guerra, Se
poesia, Velha mesa, O exercício da crônica, Operários en
sábado, Do amor aos bichos, O casamento da lua, Para v
com uma flor, Conto rápido, Uma mulher chamada guit
do meu pai, Velho amigo, A arte de ser velho, O tempo s
O exercício da crônica, Sobre poesia, Velha mesa, O exe
Penha, Seu "Afredo", Apelidos, Dia de sábado, Do amo
grande amor, Chorinho para a amiga, Para uma menina c
guitarra, Uma viola-de-amor, Menino de ilha, A casa m
empo sob o sol, Depois da guerra, Sentido da primavera
O exercício da crônica, Operários em construção, Batizad

Uma mulher chamada guitarra

CRÔNICAS ESCOLHIDAS DE VINICIUS DE MORAES

BOA COMPANHIA

Copyright © 2013 by V. M. Empreendimentos Artísticos e Culturais Ltda.

Grafia atualizada segundo o Acordo Ortográfico da Língua Portuguesa de 1990, que entrou em vigor no Brasil em 2009.

Capa e projeto gráfico Retina 78

Revisão Marina Nogueira e Márcia Moura

Dados Internacionais de Catalogação na Publicação (CIP)
(Câmara Brasileira do Livro, SP, Brasil)

Moraes, Vinicius de, 1913-1980.
  Uma mulher chamada guitarra : crônicas escolhidas
de Vinicius de Moraes. — 1ª ed. — São Paulo : Boa Companhia, 2013.

  ISBN 978-85-65771-08-5

  1. Crônicas brasileiras I. Título.

13-07547   CDD-869.93

Índice para catálogo sistemático:
1. Crônicas : Literatura brasileira 869.93

[2013]
Todos os direitos desta edição reservados à
EDITORA SCHWARCZ S.A.
Rua Bandeira Paulista, 702, cj. 32
04532-002 — São Paulo — SP
Telefone (11) 3707-3500
Fax (11) 3707-3501
www.companhiadasletras.com.br
www.blogdacompanhia.com.br

Sumário

APRESENTAÇÃO
7   O exercício da delicadeza

CHORINHO PARA A AMIGA
11   O casamento da Lua
14   Para viver um grande amor
16   Chorinho para a amiga
19   Para uma menina com uma flor
22   Conto rápido
26   Uma mulher chamada guitarra
29   Uma viola-de-amor

MENINO DE ILHA
35   Menino de ilha
38   A casa materna
40   O dia do meu pai
43   Velho amigo

SENTIDO DA PRIMAVERA
49   A arte de ser velho
52   O tempo sob o sol
54   Depois da guerra
57   Sentido da Primavera
61   Morte natural

O EXERCÍCIO DA CRÔNICA

65   O exercício da crônica
68   Sobre poesia
72   Velha mesa
74   O exercício da crônica
77   Operários em construção

BATIZADO NA PENHA

81   Batizado na Penha
84   Seu "Afredo"
86   Apelidos
90   Dia de sábado
92   Do amor aos bichos

97   Sobre o autor

O EXERCÍCIO DA DELICADEZA

Vinicius de Moraes (1913-1980) foi uma das presenças mais marcantes na cultura brasileira do século XX. Mais de trinta anos após sua morte, a importância do autor não para de crescer. Pudera: o carioca Vinicius foi um dos nossos grandes poetas modernistas, compositor — um dos pais do movimento conhecido como Bossa Nova, nascido no final dos anos 1950 — que criou canções que até hoje brasileiros de todas as gerações conhecem, como "Garota de Ipanema", cronista consagrado na imprensa, dramaturgo, amante da beleza, da mulher e da natureza.

Nesta seleção de suas crônicas, Vinicius aparece por inteiro. A infância, suas memórias de um Rio de Janeiro bucólico e quase interiorano, a observação da passagem do tempo (e a inevitável presença da morte), a paixão pelos livros e pela língua portuguesa, o amor e a contemplação — bem-humorada — da vida cotidiana ocupam estas páginas. Tudo com delicadeza, humor e inteligência, em textos leves e divertidos.

Boa leitura!

CHORINHO PARA A AMIGA

O CASAMENTO DA LUA

O que me contaram não foi nada disso. A mim, contaram-me o seguinte: que um grupo de bons e velhos sábios, de mãos enferrujadas, rostos cheios de rugas e pequenos olhos sorridentes, começaram a reunir-se todas as noites para olhar a Lua, pois andavam dizendo que nos últimos cinco séculos sua palidez tinha aumentado consideravelmente. E de tanto olharem através de seus telescópios, os bons e velhos sábios foram assumindo um ar preocupado e seus olhos já não sorriam mais; puseram-se, antes, melancólicos. E contaram-me ainda que não era incomum vê-los, peripatéticos, a conversar em voz baixa enquanto balançavam gravemente a cabeça.

E que os bons e velhos sábios haviam constatado que a Lua estava não só muito pálida, como envolta num permanente halo de tristeza. E que mirava o Mundo com olhos de um tal langor e dava tão fundos suspiros — ela que por milênios mantivera a mais virginal reserva — que não havia como duvidar: a Lua estava pura e simplesmente apaixonada. Sua crescente palidez, aliada a uma minguante serenidade e compostura no seu noturno nicho, induzia uma só conclusão: tratava-se de uma Lua nova, de uma Lua cheia de amor, de uma Lua que precisava dar. E a Lua queria dar-se justamente àquele de quem era a única escrava e que, com desdenhosa gravidade, mantinha-a confinada em seu espaço próprio, usufruindo apenas de sua luz e dando azo a que ela fosse motivo constante de poemas e canções de seus menestréis, e até mesmo de ditos e graças de seus bufões, para distraí-lo em suas periódicas hipocondrias de madurez.

Pois não é que ao descobrirem que era o Mundo a causa do sofrimento da Lua, puseram-se os bons velhos sábios a dar gritos de júbilo e a esfregar as mãos, piscando-se os olhos e dizendo-se chistes que, com toda a franqueza, não ficam nada bem em homens de saber... Mas o que se há de fazer? Frequentemente, a velhice, mesmo sábia, não tem nenhuma noção do ridículo nos momentos de alegria, podendo mesmo chegar a dançar rodas e sarabandas, numa curiosa volta à infância. Por isso perdoemos aos bons e velhos sábios, que se assim faziam é porque tinham descoberto os males da Lua, que eram males de amor. E males de amor curam-se com o próprio amor — eis o axioma científico a que chegaram os eruditos anciãos, e que escreveram no final de um longo pergaminho crivado de números e equações, no qual fora estudado o problema da crescente palidez da Lua.

Virgens apaixonadas, disseram-se eles, precisam casar-se urgentemente com o objeto de sua paixão. Mas, disseram-se eles ainda, o que pensaria disso o desdenhoso Mundo, preocupado com as suas habituais conquistas? O problema era dos mais delicados, pois não se inculca tão facilmente, em seres soberanos, a ideia de desposarem suas escravas. Todavia, como havia precedentes, a única coisa a fazer era tentar. Do contrário operar-se-ia uma partenogênese na Lua, o que seria em extremo humilhante e sem graça para ela. Não. Proceder-se-ia a uma inseminação artificial, e, uma vez o fato consumado, por força haveria de se abrandar o coração do Mundo.

E assim se fez. Durante meses estudaram os homens de saber, entre seus cadinhos e retortas, e com grande gasto de papel e tinta, o projeto de um lindo corpúsculo seminal que pudesse fecundar a Lua. Um belo dia ei-lo que fica pronto, para gáudio dos bons e velhos sábios, que o festejaram profusamente com danças e bebidas, tendo havido mesmo alguns que, de tão incontinentes, deixaram-se a dormir no chão de seus laboratórios, a roncar como pagãos. Chamaram-no Lunik, como devia ser. E uma noite, em que o Mundo agitado pôs-se a sonhar sonhos eróticos, subitamente partiu ele, o lindo corpúsculo seminal, sequioso e certeiro em direção à Lua, que, em sua emoção pré-nupcial, mostrava com um despudor desconhecido nela as manchas mais capitosas de seu branco corpo à espera. Foi preciso que o Vento, seu antigo guardião, escandalizado, se pusesse a soprar nuvens por todos os lados, com toda a força de suas bochechas, para encobrir o firmamento com véus de bruma, de modo a ocultar a volúpia da Lua expectante, a altear os quartos nas mais provocadoras posições.

Hoje, fecundada, ela voltou finalmente ao céu, serena e radiosa como nunca a vira dantes. Pela expressão com que me olhou, penso que já está grávida. Ou muito me engano, ou amanhã deve estar cheia.

PARA VIVER UM GRANDE AMOR

Para viver um grande amor, preciso é muita concentração e muito siso, muita seriedade e pouco riso — para viver um grande amor.

Para viver um grande amor, mister é ser um homem de uma só mulher; pois ser de muitas, poxa! é de colher... — não tem nenhum valor.

Para viver um grande amor, primeiro é preciso sagrar-se cavalheiro e ser de sua dama por inteiro — seja lá como for. Há que fazer do corpo uma morada onde clausure-se a mulher amada e postar-se de fora com uma espada — para viver um grande amor.

Para viver um grande amor, vos digo, é preciso atenção com o "velho amigo", que porque é só vos quer sempre consigo para iludir o grande amor. É preciso muitíssimo cuidado com quem quer que não esteja apaixonado, pois quem não está, está sempre preparado pra chatear o grande amor.

Para viver um grande amor, na realidade, há que compenetrar-se da verdade de que não existe amor sem fieldade — para viver um grande amor. Pois quem trai seu amor por vanidade é um desconhecedor da liberdade, dessa imensa, indizível liberdade que traz um só amor.

Para viver um grande amor, *il faut*, além de fiel, ser bem conhecedor de arte culinária e de judô — para viver um grande amor.

Para viver um grande amor perfeito, não basta ser apenas bom sujeito; é preciso também ter muito peito — peito de remador. É preciso olhar sempre a bem-amada como a sua primeira namorada e sua viúva também, amortalhada no seu finado amor.

É muito necessário ter em vista um crédito de rosas no florista — muito mais, muito mais que na modista! — para aprazer ao grande amor. Pois do que o grande amor quer saber mesmo, é de amor, é de amor, de amor a esmo; depois, um tutuzinho com torresmo conta ponto a favor...

Conta ponto saber fazer coisinhas: ovos mexidos, camarões, sopinhas, molhos, estrogonofes — comidinhas para depois do amor. E o que há de melhor que ir pra cozinha e preparar com amor uma galinha com uma rica e gostosa farofinha, para o seu grande amor?

Para viver um grande amor é muito, muito importante viver sempre junto e até ser, se possível, um só defunto — pra não morrer de dor. É preciso um cuidado permanente não só com o corpo mas também com a mente, pois qualquer "baixo" seu, a amada sente — e esfria um pouco o amor. Há que ser bem cortês sem cortesia; doce e conciliador sem covardia; saber ganhar dinheiro com poesia — para viver um grande amor.

É preciso saber tomar uísque (com o mau bebedor nunca se arrisque!) e ser impermeável ao diz que diz que — que não quer nada com o amor.

Mas tudo isso não adianta nada, se nesta *selva oscura* e desvairada não se souber achar a bem-amada — para viver um grande amor.

CHORINHO PARA A AMIGA

Se fosses louca por mim, ah eu dava pantana, eu corria na praça, eu te chamava para ver o afogado. Se fosses louca por mim, eu nem sei, eu subia na pedra mais alta, altivo e parado, vendo o mundo pousado a meus pés. Oh, por que não me dizes, morena, que és louca varrida por mim? Eu te conto um segredo, te levo à boate, eu dou vodca pra você beber! Teu amor é tão grande, parece um luar, mas lhe falta a loucura do meu. Olhos doces os teus, com esse olhar de você, mas por que tão distante de mim? Lindos braços e um colo macio, mas por que tão ausentes dos meus? Ah, se fosses louca por mim, eu comprava pipoca, saía correndo, de repente me punha a cantar. Dançaria convosco, senhora, um bailado nervoso e sutil. Se fosses louca por mim, eu me batia em duelo sorrindo, caía a fundo num golpe mortal. Estudava contigo o mistério dos astros, a geometria dos pássaros, declamando poemas assim: "Se eu morresse amanhã... Se fosses louca por mim...". Se você fosse louca por mim, ô maninha, a gente ia ao mercado, ao nascer da manhã, ia ver o avião levantar. Tanta coisa eu fazia, ó delícia, se fosses louca por mim! Olha aqui, por exemplo, eu pegava e comprava um lindo *peignoir* pra você. Te tirava da fila, te abrigava em chinchila, dava até um gasô pra você. Diz por que, meu anjinho, por que tu não és louca-louca por mim? Ai, meu Deus, como é triste viver nesta dura incerteza cruel! Perco a fome, não vou ao cinema, só de achar que não és louca por mim. (E no entanto direi num aparte que até gostas bastante de mim...) Mas não sei, eu queria sentir teu olhar fulgurar contra o meu. Mas não sei, eu queria te ver uma escrava morena de mim. Vamos ser, meu amor, vamos ser um do outro de um modo total? Vamos nós, meu carinho, viver num barraco, e um luar, um coqueiro e um violão? Vamos brincar no Carnaval, hein, neguinha, vamos andar atrás do batalhão? Vamos, amor, fazer miséria, espetar uma conta no bar? Você quer que eu provoque uma briga pra você torcer muito por mim? Vamos subir no elevador, hein, doçura, nós dois juntos subindo, que bom! Vamos entrar numa casa de pasto, beber pinga e cerveja e xingar? Vamos, neguinha, vamos na praia passear? Vamos ver o dirigível, que é o assombro nacional? Vamos, maninha, vamos, na rua do Tampico, onde o pai matou a filha, ô maninha, com a tampa do maçarico? Vamos, maninha, vamos morar em Jurujuba, andar de barco a vela, ô maninha, co-mer camarão graúdo? Vem cá, meu bem, vem cá, meu bem, vem cá, vem cá, vem cá, se não vens bem depressinha, meu bem, vou contar para o seu pai. Ah, minha flor, que linda, a embriaguez do amor, dá um frio pela espinha, prenda minha, e em seguida dá calor. És tão linda, menina, se te chamasses Marina, eu te le-vava no banho de mar. És tão doce, beleza, se te chamasses Te-resa, eu teria certeza, meu bem. Mas não tenho certeza de nada, ó desgraça, ó ruína, ó Tupá! Tu sabias que em ti tem taiti, linda ilha do amor e do adeus? tem mandinga, tem mascate, pão-de-

-açúcar com café, tem chimborazo, kamtchaka, tabor, popocate-pel? tem juras, tem jetaturas e até danúbios azuis, tem igapós, jamundás, içás, tapajós, purus! — tens, tens, tens, ah se tens! tens, tens, tens, ah se tens! Meu amor, meu amor, meu amor, que carinho tão bom por você, quantos beijos alados fugindo, quanto sangue no meu coração! Ah, se fosses louca por mim, eu me estirava na areia, ficava mirando as estrelas. Se fosses louca por mim, eu saía correndo de súbito, entre o pasmo da turba inconsútil. Eu dizia: Ai de mim! eu dizia: *Woe is me!* eu dizia: *hélas!* pra você... Tanta coisa eu diria, que não há poesia de longe capaz de exprimir. Eu inventava linguagem, só falando bobagem, só fazia bobagem, meu bem. Ó fatal pentagrama, ó lomas valentinas, ó tetrarca, ó sevícia, ó letargo! Mas não há nada a fazer, meu destino é sofrer: e seria tão bom não sofrer. Porque toda a alegria tua e minha seria, se você fosse louca por mim. Mas você não é louca por mim... Mas você não é louca por mim... Mas você não é louca por mim...

Julho de 1944

PARA UMA MENINA
COM UMA FLOR

Porque você é uma menina com uma flor e tem uma voz que não sai, eu lhe prometo amor eterno, salvo se você bater pino, o que, aliás, você não vai nunca porque você acorda tarde, tem um ar recuado e gosta de brigadeiro: quero dizer, o doce feito com leite condensado.

E porque você é uma menina com uma flor e chorou na estação de Roma porque nossas malas seguiram sozinhas para Paris e você ficou morrendo de pena delas partindo assim no meio de todas aquelas malas estrangeiras. E porque você quando sonha que eu estou passando você para trás, transfere sua DDC para o meu cotidiano, e implica comigo o dia inteiro como se eu tivesse culpa de você ser assim tão subliminar. E porque quando você começou a gostar de mim procurava saber por todos os modos com que camisa esporte eu ia sair para fazer mimetismo de amor, se vestindo parecido. E porque você tem um rosto que está sempre num nicho, mesmo quando põe o cabelo para cima, como uma santa moderna, e anda lento, e fala em 33 rotações mas sem ficar chata. E porque você é uma menina com uma flor, eu lhe predigo muitos anos de felicidade, pelo menos até eu ficar velho: mas só quando eu der aquela paradinha marota para olhar para trás, aí você pode se mandar, eu compreendo.

E porque você é uma menina com uma flor e tem um andar de pajem medieval; e porque você quando canta nem um mosquito ouve a sua voz, e você desafina lindo e logo conserta, e às vezes acorda no meio da noite e fica cantando feito uma maluca. E porque você tem um ursinho chamado Nounouse e fala mal de mim para ele, e ele escuta mas não concorda porque é muito meu chapa, e quando você se sente perdida e sozinha no mundo você se deita agarrada com ele e chora feito uma boba fazendo um bico deste tamanho. E porque você é uma menina que não pisca nunca e seus olhos foram feitos na primeira noite da Criação, e você é capaz de ficar me olhando horas. E porque você é uma menina que tem medo de ver a Cara na Vidraça, e quando eu olho você muito tempo você vai ficando nervosa até eu dizer que estou brincando. E porque você é uma menina com uma flor e cativou meu coração e adora purê de batata, eu lhe peço que me sagre seu Constante e Fiel Cavalheiro.

E sendo você uma menina com uma flor, eu lhe peço também que nunca mais me deixe sozinho, como nesse último mês em Paris; fica tudo uma rua silenciosa e escura que não vai dar em lugar nenhum; os móveis ficam parados me olhando com pena; é um vazio tão grande que as outras mulheres nem ousam me amar porque dariam tudo para ter um poeta penando assim por elas, a mão no queixo, a perna cruzada triste e aquele olhar que não vê. E porque você é a única menina com uma flor que eu conheço, eu escrevi uma canção tão bonita para você, "Minha namorada", a fim de que, quando eu morrer, você, se por acaso não morrer também, fique deitadinha abraçada com Nounouse, cantando sem voz aquele pedaço em que eu digo que você *tem de ser a estrela derradeira, minha amiga e companheira, no infinito de nós dois.*

E já que você é uma menina com uma flor e eu estou vendo você subir agora — tão purinha entre as marias-sem-vergonha — a ladeira que traz ao nosso chalé, aqui nestas montanhas recortadas pela mão presciente de Guignard; e o meu coração, como quando você me disse que me amava, põe-se a bater cada vez mais depressa. E porque eu me levanto para recolher você no meu abraço, e o mato à nossa volta se faz murmuroso e se enche de vaga-lumes enquanto a noite desce com seus segredos, suas mortes, seus espantos — eu sei, ah, eu sei que o meu amor por você é feito de todos os amores que eu já tive, e você é a filha dileta de todas as mulheres que eu amei; e que todas as mulheres que eu amei, como tristes estátuas ao longo da aleia de um jardim noturno, foram passando você de mão em mão, de mão em mão até mim, cuspindo no seu rosto e enfeitando a sua fronte de grinaldas; foram passando você até mim entre cantos, súplicas e vociferações — porque você é linda, porque você é meiga e sobretudo porque você é uma menina com uma flor.

CONTO RÁPIDO

Todas as manhãs de sol ia para a praia, apertada num maiô azul. Por onde passasse, deixava atrás de si olhares de homens colados a suas pernas douradas, a seus braços frescos. Os fornecedores vinham para a porta, os velhos para a janela, as ruas transversais movimentavam-se extraordinariamente à sua passagem cotidiana. Deixava uma sensação perfeita de graça e leviandade no espaço. Era loura, mas podiam-se ver massas castanhas por baixo da tintura dourada do cabelo. Trazia sempre o roupão meio aberto — e o vento da praia o enfunava alegremente, deixando-lhe à mostra as coxas vibrantes, cobertas de uma penugem tão delicada que só mesmo a claridade intensa deixava ver. Não tinha idade precisa. O corpo era de vinte anos, no entanto os cabelos pareciam velhos, mortificados de permanentes, e faltava-lhe aos olhos verdes a luz da mocidade. Usava uns sapatinhos vaidosos, de saltos incrivelmente altos, que lhe afirmavam melhor a elegância um pouco mole, um pouco felina. Seu filhinho, um lindo garoto de três anos, ela o arrastava consigo naquelas longas passeatas pela areia, pois nunca deixava de perambular um pouco para receber, aqui e ali, galanteios nem sempre delicados, que a deliciavam.

Ficava sob uma barraca parecidíssima com ela, uma coisa colorida e fagueira, localizável de qualquer distância. Ali arrumava cuidadosamente seus pertences, esticava o roupão, acamava a areia com o corpo e depois se esfregava longamente de óleo, as alças do maiô caídas, o início do colo infantil bem desnudado, os dois pequenos seios soltos como limões. O garotinho ficava brincando por ali, ora em correrias, ora agachado ante a maravilha de uma concha, de um tatuí, de um pedaço de pau. Isso era o ritual de todos os dias, que lhe dava tempo para a vinda dos admiradores habituais. Chegavam invariavelmente, um após outro, uns rapagões torrados do sol, de tórax enxutos e carões bonitos, curiosamente parecidos, todos. Ela ficava deitada, os braços em cruz, afagando a areia, afagando a cabecinha do filho, que, às vezes, lhe corria a trazer alguma descoberta. Os rapazes pintavam com o menino, alguns enfezavam-no, como a convidá-lo a ir brincar mais longe. Ela deixava, mole para reagir, e de vez em quando deitava um olhar complacente para a praia, a vigiá-lo quando o via um pouco longe. Mas o guri fugia das brincadeiras brutas dos rapazes e ela o esquecia, perdida em sua tagarelice, até que um mais ousado a forçava a um beijo rápido, entre a gargalhada dos demais. Contavam-se fitas de cinema, festas e mexericos de praia, jogavam peteca e uma vez ou outra os rapazes lutavam jiu-jítsu para ela, que se extasiava. Cada meia hora, corriam todos em bando para um mergulho coletivo, e ficavam brincando na água, sem se importar com os demais — os rapazes a empurrá-la, a pegá-la, ela gritando, se defendendo, batendo neles, uma delícia! Nessas horas o menininho chorava, vendo se afastar a mãe. Mas ela voltava e o comia de beijos sempre consoladores. Na verdade, a vida naquela barraca de praia era a coisa mais inconsequente e agradável da orla marítima.

E assim foi todo o verão. Só nas manhãs de chuva a praia perdia a sua figurinha loura, mas isso mesmo era razão demais para o encontro dos outros dias: ela, o menino e os rapazes de sungas curtíssimas, os tórax crus, a dar lindas "paradas" para ela ver, a pegar nela, a jogar peteca, a lutar jiu-jítsu. A jovem penca humana aumentou consideravelmente durante aquele período, e tudo não se passou sem uns dois ou três incidentes entre os atletas, inclusive uma briga feroz a que ela assistiu emocionada e que terminou por uma linda chave de braço com distorção muscular. Essa briga, naturalmente, provocou outras, em bares e festas de verão, mas que se passaram longe de seus olhos e que ela ouvia contar na praia. Muitas brigas provocou ela, com seu maiô azul e a sua infantil tagarelice, mas nunca ninguém poderia dizer que tivesse recusado um novo fã, desses que conhecem um da roda e depois, astuciosamente, se aboletam e passam a ser o preferido de duas semanas. E todos sempre adorando o garotinho, achando-o uma beleza, jogando-o para cima, coisa que o apavorava e fazia sempre correr para longe. Ela se zangava levemente, mas acabava rindo com as cócegas que lhe faziam os rapazes, com os tapas que levava. Comia o menino de beijos e depois se estirava voluptuosamente, centro de uma rosa de olhares que não disfarçavam o objetivo. Houve um dia em que um, meio de pileque, chegou a dar-lhe uma mordida na perna. Ela zangou-se de verdade, pegou o filhinho e foi para casa. Deixou atrás um ruído de vozes masculinas se interpelando com ar de briga. Ficou-lhe uma semana uma marca roxa em meia-lua, pouco acima do joelho.

Um dia, quase no fim do verão, estava ela, como sempre, com seu grupo a contar um baile a que tinha ido na noite anterior, maravilha de riqueza e bom gosto. O menino brincava junto às ondas, e os rapazes debruçavam-se todos, em atitudes elásticas, sobre o seu jovem corpo estirado, ouvindo-a tagarelar. Pois imaginassem: tinha sido servido um jantar americano, e cada convidado trouxera uma garrafa de uísque, e às dez horas apagaram todas as luzes do terraço para aproveitar a claridade do luar: tinha havido tanto pileque e se via cada coisa de espantar, puxa, menino! cada beijo em plena sala! como ela não via desde as festas de Carnaval...

Eram quase duas horas e a praia estava completamente deserta. Só a barraca colorida alegrava a hora vazia e ensolarada, recortada contra a espuma forte das ondas e o azul vivo do céu. Ela contava sua festa aos rapazes, inteiramente embebida nas recordações da noite. Foi quando chegou um pretinho correndo:

— Moça, aquele menino não é da senhora?

Ela sentou-se:

— É sim. Por quê?

O pretinho apontou:

— O mar levou ele.

Os rapazes se precipitaram todos e se jogaram n'água.

Ela saiu atrás, numa corridinha frágil, os braços meio içados numa atitude infantil de pânico. As ondas enormes alteavam-se longe e se abatiam em estampidos de espuma até a praia. Depois refluíam.

Em vão. O mar levara mesmo o menino.

Os rapazes voltaram, incapazes de lutar contra os vagalhões e temerosos da correnteza.

Afrouxado sobre a areia branca, seu corpo fazia uma graciosa mancha azul.

Agosto de 1944

UMA MULHER
CHAMADA GUITARRA

Um dia, casualmente, eu disse a um amigo que a guitarra, ou violão, era "a música em forma de mulher". A frase o encantou e ele a andou espalhando como se ela constituísse o que os franceses chamam *un mot d'esprit*. Pesa-me ponderar que ela não quer ser nada disso; é, melhor, a pura verdade dos fatos.

O violão é não só a música (com todas as suas possibilidades orquestrais latentes) em forma de mulher, como, de todos os instrumentos musicais que se inspiram na forma feminina — viola, violino, bandolim, violoncelo, contrabaixo —, o único que representa a mulher ideal: nem grande, nem pequena; de pescoço alongado, ombros redondos e suaves, cintura fina e ancas plenas; cultivada mas sem jactância; relutante em exibir-se, a não ser pela mão daquele a quem ama; atenta e obediente ao seu amado, mas sem perda de caráter e dignidade; e, na intimidade, terna, sábia e apaixonada. Há mulheres-violino, mulheres-violoncelo e até mulheres-contrabaixo.

Mas como recusam-se a estabelecer aquela íntima relação que o violão oferece; como negam-se a se deixar cantar, preferindo tornar-se objeto de solos ou partes orquestrais; como respondem mal ao contato dos dedos para se deixar vibrar, em benefício de agentes excitantes como arcos e palhetas, serão sempre preteridas, no final, pelas mulheres-violão, que um homem pode, sempre que quer, ter carinhosamente em seus braços e com ela passar horas de maravilhoso isolamento, sem necessidade, seja de tê-la em posições pouco cristãs, como acontece com os violoncelos, seja de estar obrigatoriamente de pé diante delas, como se dá com os contrabaixos.

Mesmo uma mulher-bandolim (vale dizer: um bandolim), se não encontrar um Jacob pela frente, está roubada. Sua voz é por demais estrídula para que se a suporte além de meia hora. E é nisso que a guitarra, ou violão (vale dizer: a mulher-violão), leva todas as vantagens. Nas mãos de um Segovia, de um Barrios, de um Sainz de la Mazza, de um Bonfá, de um Baden Powell, pode brilhar tão bem em sociedade quanto um violino nas mãos de um Oistrakh ou um violoncelo nas mãos de um Casals. Enquanto que aqueles instrumentos dificilmente poderão atingir a pungência ou a bossa peculiares que um violão pode ter, quer tocado canhestramente por um Jayme Ovalle ou um Manuel Bandeira, quer "passado na cara" por um João Gilberto ou mesmo o crioulo Zé-com-Fome, da Favela do Esqueleto.

Divino, delicioso instrumento que se casa tão bem com o amor e tudo o que, nos instantes mais belos da natureza, induz ao maravilhoso abandono! E não é à toa que um dos seus mais antigos ascendentes se chama *viola d'amore*, como a prenunciar o doce fenômeno de tantos corações diariamente feridos pelo melodioso acento de suas cordas... Até na maneira de ser tocado — contra o peito — lembra a mulher que se aninha nos braços do seu amado e, sem dizer-lhe nada, parece suplicar com beijos e carinhos que ele a tome toda, faça-a vibrar no mais fundo de si mesma, e a ame acima de tudo, pois do contrário ela não poderá ser nunca totalmente sua. Ponha-se num céu alto uma lua tranquila. Pede ela um contrabaixo? Nunca! Um violoncelo? Talvez, mas só se por trás dele houvesse um Casals. Um bandolim? Nem por sombra! Um bandolim, com seus *tremolos*, lhe perturbaria o luminoso êxtase. E o que pede então (direis) uma lua tranquila num céu alto? E eu vos responderei: um violão. Pois dentre os instrumentos musicais criados pela mão do homem, só o violão é capaz de ouvir e de entender a lua.

UMA VIOLA-DE-AMOR

Deem ao homem uma viola-de-amor e façam-no cantar um canto assim... "Sairei de mim mesmo e irei ao encontro das flores humildes dos caminhos e das lentas aves dos crepúsculos, cujo pipilo suspende na paisagem uma lágrima que nunca se derrama. Sairei de mim mesmo em busca de mim mesmo, em busca de minha imagem perdida nos abismos do desespero, minha imagem de cuja face já não me lembro mais...

"Sairei de mim mesmo em busca das melodias esquecidas na memória, em busca dos instantes de total abandono e beleza, em busca dos milagres ainda não acontecidos...

"Que eu seja novamente aquele que ergue do chão o pássaro ferido e, no calor de sua mão, dá-lhe de morrer em paz; aquele que, em sua eterna peregrinação em busca da vida, ajuda o camponês a consertar a roda do seu carro...

"Que me seja dado, em minhas andanças, restituir a cada ser humano o consolo de chorar dias de lágrimas; e depois levá-lo lá onde existe a luz e chorar eu próprio ante a beleza do seu pranto ao sol...

"Possa eu mirar novamente os pélagos e compreendê-los; atravessar os desertos e amá-los. Possa eu deitar-me à noite na areia das praias e manter com as estrelas em delírio o colóquio da eternidade. Possa eu voltar a ser aquele que não teme ficar só consigo mesmo, numa dura solidão sem deliquescência...

"Bem haja o meu irmão no meu caminho, com as suas úlceras à mostra, que a ele eu hei de curar e dar abrigo no meu peito. Bem haja no meu caminho a dor do meu semelhante, que a ela estarei desvelado e atento...

"Seja a mulher a mãe, a esposa, a amante, a filha, a bem-amada do meu coração; possa eu amá-la e respeitá-la, dar-lhe filhos e silêncios. Possa eu coroá-la de folhas da primavera em seu nascimento, seu conúbio e sua morte. Tenha eu no meu pensamento a ideia constante de querê-la e lhe prestar serviço...

"Que o meu rosto reflita nos espelhos um olhar doce e tranquilo, mesmo no mais fundo sofrimento; e que eu não me esqueça nunca de que devo estar constantemente em guarda de mim mesmo, para que sejam humanos e dignos o meu orgulho e a minha humildade, e para que eu cresça sempre no sentido de Tempo...

"Pois o meu coração está antes de tudo com os que têm menos do que eu, e com os que, tendo mais do que eu, nada têm. Pois o meu coração está com a ovelha e não com o lobo; com o condenado e não com o carrasco...

"E que este seja o meu canto e o escutem os surdos de carinho e de piedade; e que ele vibre com um sino nos ouvidos dos falsos apóstolos e dos falsos apóstatas; pois eu sou o homem, ser de poesia, portador do segredo e sua incomunicabilidade — e o meu largo canto vibra acima dos ódios e ressentimentos, das intrigas e vinganças, nos espaços infinitos..."

Deem ao homem uma viola-de-amor e façam-no cantar um canto assim, que sua voz está rouca de tanto insulto inútil e seu coração triste de tanta vã mentira que lhe ensinaram.

MENINO DE ILHA

MENINO DE ILHA

Às vezes, no calor mais forte, eu pulava de noite a janela com pés de gato e ia deitar-me junto ao mar. Acomodava-me na areia como numa cama fofa e abria as pernas aos alíseos e ao luar; e em breve as frescas mãos da maré cheia vinham coçar meus pés com seus dedos de água.

Era indizivelmente bom. Com um simples olhar podia vigiar a casa, cuja janela deixava apenas encostada; mas por mero escrúpulo. Ninguém nos viria nunca fazer mal. Éramos gente querida na ilha, e a afeição daquela comunidade pobre manifestava-se constantemente em peixe fresco, cestas de caju, sacos de manga-espada. E em breve perdia-me naquela doce confusão de ruídos... o sussurro da maré montante, uma folha seca de amendoeira arrastada pelo vento, o gorgulho de um peixe saltando, a clarineta de meu amigo Augusto, tuberculoso e insone, solando valsas ofegantes na distância. A aragem entrava-me pelos calções, inflava-me a camisa sobre o peito, fazia-me festas nas axilas, eu deixava a areia correr de entre meus dedos sem saber ainda que aquilo era uma forma de contar o tempo. Mas o tempo ainda não existia para mim; ou só existia nisso que era sempre vivo, nunca morto ou inútil.

Quando não havia luar era mais lindo e misterioso ainda. Porque, com a continuidade da mirada, o céu noturno ia desvendando pouco a pouco todas as suas estrelas, até as mais recônditas, e a negra abóbada acabava por formigar de luzes, como se todos os pirilampos do mundo estivessem luzindo na mais alta esfera. Depois acontecia que o céu se aproximava e eu chegava a distinguir o contorno das galáxias, e estrelas cadentes precipitavam-se como loucas em direção a mim com as cabeleiras soltas e acabavam por se apagar no enorme silêncio do Infinito. E era uma tal multidão de astros a tremeluzir que, juro, às vezes tinha a impressão de ouvir o burburinho infantil de suas vozes. E logo voltava o mar com o seu marulhar ilhéu, e um peixe pulava perto, e um cão latia, e uma folha seca de amendoeira era arrastada pelo vento, e se ouvia a tosse de Augusto longe, longe. Eu olhava a casa, não havia ninguém, meus pais dormiam, minhas irmãs dormiam, meu irmão pequeno dormia mais que todos. Era indizivelmente bom.

Havia ocasiões em que adormecia sem dormir, numa semiconsciência dos carinhos do vento e da água no meu rosto e nos meus pés. É que vinha-me do Infinito uma tão grande paz e um tal sentimento de poesia que eu me entregava não a um sono, que não há sono diante do Infinito, mas a um lacrimoso abandono que acabava por raptar-me de mim mesmo. E eu ia, coisa volátil, ao sabor dos ventos que me levavam para aquele mar de estrelas, sem forma e sem peso, mesmo sentindo-me moldar à areia macia com o meu corpo e ouvindo o breve cochicho das ondas que vinham desaguar nas minhas pernas.

Mas — como dizê-lo? — era sempre nesses momentos de perigosa inércia, de mística entrega, que a aurora vinha em meu auxílio. Pois a verdade é que, de súbito, eu sentia a sua mão fria pousar sobre minha testa e despertava do meu êxtase. Abria os olhos e lá estava ela sobre o mar pacificado, com seus grandes olhos brancos, suas asas sem ruído e seus seios cor-de-rosa, a mirar-me com um sorriso pálido que ia pouco a pouco desmanchando a noite em cinzas. E eu me levantava, sacudia a areia do meu corpo, dava um beijo de bom-dia na face que ela me entregava, pulava a janela de volta, atravessava a casa com pés de gato e ia dormir direito em minha cama, com um gosto de frio em minha boca.

A CASA MATERNA

Há, desde a entrada, um sentimento de tempo na casa materna. As grades do portão têm uma velha ferrugem e o trinco se oculta num lugar que só a mão filial conhece. O jardim pequeno parece mais verde e úmido que os demais, com suas palmas, tinhorões e samambaias que a mão filial, fiel a um gesto de infância, desfolha ao longo da haste.

É sempre quieta a casa materna, mesmo aos domingos, quando as mãos filiais se pousam sobre a mesa farta do almoço, repetindo uma antiga imagem. Há um tradicional silêncio em suas salas e um dorido repouso em suas poltronas. O assoalho encerado, sobre o qual ainda escorrega o fantasma da cachorrinha preta, guarda as mesmas manchas e o mesmo taco solto de outras primaveras. As coisas vivem como em prece, nos mesmos lugares onde as situaram as mãos maternas quando eram moças e lisas. Rostos irmãos se olham dos porta-retratos, a se amarem e compreenderem mudamente. O piano fechado, com uma longa tira de flanela sobre as teclas, repete ainda passadas valsas, de quando as mãos maternas careciam sonhar.

A casa materna é o espelho de outras, em pequenas coisas que o olhar filial admirava ao tempo em que tudo era belo: o licoreiro magro, a bandeja triste, o absurdo bibelô. E tem um corredor à escuta, de cujo teto à noite pende uma luz morta, com negras aberturas para quartos cheios de sombra. Na estante junto à escada há um *Tesouro da juventude* com o dorso puído de tato e de tempo. Foi ali que o olhar filial primeiro viu a forma gráfica de algo que passaria a ser para ele a forma suprema da beleza: o verso.

Na escada há o degrau que estala e anuncia aos ouvidos maternos a presença dos passos filiais. Pois a casa materna se divide em dois mundos: o térreo, onde se processa a vida presente, e o de cima, onde vive a memória. Embaixo há sempre coisas fabulosas na geladeira e no armário da copa: roquefort amassado, ovos frescos, mangas-espadas, untuosas compotas, bolos de chocolate, biscoitos de araruta — pois não há lugar mais propício do que a casa materna para uma boa ceia noturna. E, porque é uma casa velha, há sempre uma barata que aparece e é morta com uma repugnância que vem de longe. Em cima ficam os guardados antigos, os livros que lembram a infância, o pequeno oratório em frente ao qual ninguém, a não ser a figura materna, sabe por que queima às vezes uma vela votiva. E a cama onde a figura paterna repousava de sua agitação diurna. Hoje, vazia.

A imagem paterna persiste no interior da casa materna. Seu violão dorme encostado junto à vitrola. Seu corpo como que se marca ainda na velha poltrona da sala e como que se pode ouvir ainda o brando ronco de sua sesta dominical. Ausente para sempre da casa materna, a figura paterna parece mergulhá-la docemente na eternidade, enquanto as mãos maternas se fazem mais lentas e as mãos filiais mais unidas em torno à grande mesa, onde já agora vibram também vozes infantis.

O DIA DO MEU PAI

Faz hoje nove anos que Clodoaldo Pereira da Silva Moraes, homem pobre mas de ilustre estirpe, desincompatibilizou-se com este mundo. Teve ele, entre outras prebendas encontradas no seu modesto, mas lírico caminho, a de ser meu pai. E como, ao seu tempo, não havia ainda essa engenhosa promoção (para usar do anglicismo tão em voga) de imprensa chamada "O Dia do Papai" (com a calorosa bênção, diga-se, dos comerciantes locais), eu quero, em ocasião, trazer nesta crônica o humilde presente que nunca lhe dei quando menino; não só porque, então, a data não existia, como porque o pouco numerário que eu conseguia, quando em calças curtas, era furtado às suas algibeiras; furtos cuidadosamente planejados e executados cedo de manhã, antes que ele se levantasse para o trabalho, e que não iam nunca além de uma moeda daquelas grandes de quatrocentos réis. Eu tirava um prazer extraordinário dessas incursões ao seu quarto quente de sono, e operava em seus bolsos de olho grudado nele, ouvindo-lhe o doce ronco que era para mim o máximo. Quem nunca teve um pai que ronca não sabe o que é ter pai.

Se Clodoaldo Pereira da Silva Moraes e eu trocamos dez palavras durante a sua vida, foi muito. Bom dia, como vai, até a volta — às vezes nem isso. Há pessoas com quem as palavras são desnecessárias. Nos entendíamos e amávamos mudamente, meu pai e eu. Talvez pelo fato de sua figura emocionar-me tanto, evitei sempre pisar com ele o terreno das coisas emocionais, pois estou certo de que, se começássemos a falar, cairíamos os dois em pranto, tão grandes eram em nós os motivos para chorar: tudo o que podia ter sido e que não foi; tudo o que gostaríamos de dar um ao outro, e aos que nos eram mais caros, e não podíamos; o orgulho de um pai poeta inédito por seu filho publicado e premiado e o desejo nesse filho de que fosse o contrário... — tantas coisas que faziam os nossos olhos não se demorarem demais quando se encontravam e tornavam as nossas palavras difíceis. Porque a vontade mesmo era a de me abraçar com ele, sentir-lhe a barba na minha, afagar-lhe os raros cabelos e prantearmos juntos a nossa inépcia para construir um mundo palpável.

De meus amigos que conheceram meu pai, talvez Augusto Frederico Schmidt e Otávio de Faria sejam os que melhor podem testemunhar de sua paciência para com a vida e da enorme bondade do seu coração. E de sua generosidade. Fosse ele um homem rico, e nunca filhos teriam tido mais. Sempre me lembra os Natais passados na pequena casa da ilha do Governador, e a maratona que fazíamos, meus irmãos e eu, quando o bondinho que o trazia do Galeão, onde atracavam as barcas, rangia na curva e se aproximava, bamboleante e cheio de luzes, do ponto de parada junto à grande amendoeira da praia de Cocotá. Eram pencas de presentes, por vezes presentes de pai abastado, como o jogo de peças de armar, certamente de procedência americana, com que me regalou e com que construí, anos a fio, pontes, moinhos, edifícios, guindastes e tudo o mais. E os fabulosos *Almanaques do Tico-Tico*, lidos e relidos, e de onde, uma vez exaurida a matéria, recortávamos as figuras queridas de Gibi, Chiquinho, Lili e Zé Macaco.

Como poeta, meu pai foi um pós-parnasiano com um pé no simbolismo. É conto familiar que Bilac, seu amigo, animou-o a publicar seus versos, que as mãos filiais de minha irmã Letícia deveriam, depois, amorosamente, copiar e reunir num grande caderno de capa preta. Há um soneto seu que me celebra ainda no ventre materno. Eu também escrevi em sua memória uma elegia em lágrimas, no escuro de minha sala em Los Angeles, quando, no dia 30 de julho de 1950, a voz materna, em sinistras espirais metálicas, anunciou-me pelo telefone intercontinental, às três da madrugada, a sua morte.

Rio, 30/7/1959

VELHO AMIGO
CONTO DE NATAL

Fui eu próprio levar o peru — o meu primeiro! — para a sala, onde me vivaram devidamente. Vieram todos ver entre goladas de champanha e interjeições de fome. Era, na realidade, um lindo bicho, e podia-se quase sentir sua maciez através da crosta dourada que o forno trabalhara em tempo rigorosamente proporcional ao peso. Uma beleza! Eu não cabia em mim de orgulho: muito mais do que se se tratasse de um poema ou uma canção. Meu primeiro peru — poxa! — e ainda mais para *gourmets* da categoria de Jorgito Chaves, Celso de Souza e Silva, Gilberto Bandeira de Melo, David Silveira da Mota, Geraldo Silos e Almeida Sales...

Isso no meu apartamento em Paris, no Natal de 1963.

Um pouco mais cedo, durante o cozimento da ave, meu parceiro Baden Powell sobreviera e ali mesmo, ao pé do fogão, balançara-me um samba também saidinho do forno; um sambão todo alegria, de bocarra aberta e braços para cima. Enquanto trançávamos entre a cozinha e a sala, dando as últimas providências, a letra foi saindo...

Formosa, não faz assim
Carinho não é ruim
Mulher que nega
Não sabe não...
Tem uma coisa de menos
No seu coração!

E assim foi ele cantado por todos os circunstantes, durante oito horas e dez garrafas do mais puro escocês. Quando, já madrugadinha, a casa serenou, Baden e eu nos sentamos com as nossas mulheres e nos deixamos a lembrar Natais passados. Foi quando ele, pondo-se sério, perguntou-me se eu não queria pôr letra numa canção que fizera para seu pai morto um Natal antes. Havia se imposto o dever — disse-me — desse encontro musical com a morte do seu "velhinho". A canção era linda e nos emocionou a todos fundamente. Já agora o ambiente tinha mudado. A casa não era mais a hospedeira de uma alegria que partira, mas de uma saudade que tinha chegado: uma saudade doída, feita dessa indefinível angústia de meninice, quando cada sentimento é uma paixão e cada coisa que se passa, um acontecimento extraordinário. Peguei papel e lápis e, os olhos velados de lágrimas, comecei a tentar...

Neste dia de Natal
Em que já não estás comigo
Ó deixa-me chorar
Ao relembrar a valsa
De um Natal antigo...
Ao soar da velha hora
Eu te via, velho amigo,

Entrar bem devagar
Me beijar, e ir chorando embora...

... eu fechava os olhos, fingindo não o ver, enquanto ele se aproximava bem de mansinho e pendurava o grande pé de meia de filó vermelho, cheio de brinquedos, na cabeceira de minha cama, e empilhava no chão, por ordem de tamanho, os embrulhos entre os quais eu sabia estar — ah, prazer divino! — o Almanaque do Tico-Tico, *com milhões de coisas a recortar e armar; e logo, o coração aos pulos, eu via através de uma frincha de olho seu rosto vir se agigantando sobre o meu, vir se agigantando até uma incomensurável imagem, a imagem do amor paterno, o amor que gostaria de dar tudo sem poder: toma esse navio de verdade! toma esse trem de ferro da Central! toma essa ponte levadiça! toma esse automóvel de corrida! toma esse edifício! toma o que você quiser! — e depois deixar um beijo leve em minha face, um beijo como o pedido de perdão de um pai que de seu só tinha o nome; e uma vez, esquecer também uma lágrima que lhe gotejou na carícia e ficou a tremular em minha pele como a incerta gota de orvalho sobre a folha nova, e da qual escorreu com a instantânea lentidão das coisas do Infinito, a morte das estrelas, o nascimento das galáxias, as viagens da luz...*

Meu velho amigo
Por que foste embora...
Desde que tu partiste
O Natal é triste
Triste e sem aurora...

Naquela sala, em que a madrugada começava a filtrar, dois mortos de pé consideravam com espanto dois homens que não podiam cantar, de tal modo as lágrimas se lhes corriam, tão convulsivo se ia fazendo seu pranto de órfãos, de meninos sem Papai Noel. E mais surpresos se puseram ainda ao ver que nos abraçávamos todos, nós homens porque não tínhamos mais pai, nossas mulheres só de pensar que os poderiam perder um dia — e que conosco choravam a mesa, as cadeiras, as garrafas vazias e até os restos do peru de Natal, do qual repontavam ossos brancos. E tanto que, chocados, se foram retirando discretamente, a conversar em voz baixa — certamente sobre a frouxidão desses filhos modernos que nem sabem mais aguentar a tristeza e saudade específicas de uma noite de Natal.

Natal de 1964

SENTIDO DA PRIMAVERA

A ARTE DE SER VELHO

É curioso como, com o avançar dos anos e o aproximar da morte, vão os homens fechando portas atrás de si, numa espécie de pudor de que o vejam enfrentar a velhice que se aproxima. Pelo menos entre nós, latinos da América e, sobretudo, do Brasil. E talvez seja melhor assim; pois se esse sentimento nos subtrai em vida, no sentido de seu aproveitamento no tempo, evita-nos incorrer em desfrutes de que não está isenta, por exemplo, a ancianidade entre alguns povos europeus e de alhures.

Não estou querendo dizer com isso que todos os nossos velhinhos sejam nenhuma flor que se cheire. Temo-los tão pilantras como não importa onde, e com a agravante de praticarem seus malfeitos com menos ingenuidade. Mas, como coletividade, não há dúvida que os velhinhos brasileiros têm mais compostura que a maioria da velhorra internacional (tirante, é claro, a China), embora entreguem mais depressa a rapadura.

Talvez nem seja compostura; talvez seja esse pudor de que falávamos acima, de se mostrarem em sua decadência, misturado ao muito frequente sentimento de não terem aproveitado os verdes anos como deveriam. Seja como for, aqui no Brasil os velhos se retraem daqueles seus semelhantes que, como se poderia dizer, têm a faca e o queijo nas mãos. Em reuniões e lugares públicos não têm sido poucas as vezes em que já surpreendi olhares de velhos para moços que se poderiam traduzir mais ou menos assim: "Desgraçado! Aproveita enquanto é tempo porque não demora muito vais ficar assim como eu, um velho, e nenhuma dessas boas olhará mais sequer para o teu lado...".

Isso, aqui no Brasil, é fácil sentir nas boates, com exceção de São Paulo, onde alguns cocorocas ainda arriscam seu pezinho na pista, de cara cheia e sem ligar ao enfarte. No Rio é bem menos comum, e no geral, em mesa de velho não senta broto, pois, conforme reza a máxima popular, quem gosta de velho é reumatismo. O que me parece, de certo modo, cruel. Mas, o que se vai fazer? Assim é a mocidade — íniscia, cruel e gulosa em seus apetites. Como aliás, muito bem diz também a sabedoria do povo: homem velho e mulher nova, ou chifre ou cova.

Na Europa, felizmente para a classe, a cantiga soa diferente. Aliás, nos Estados Unidos dá-se, de certo modo, o mesmo. É verdade que no caso dos Estados Unidos a felicidade dos velhos é conseguida um pouco à base da vigarista; mas na Europa não. Na Europa veem-se meninas lindas nas boates dançando *cheek to cheek* com verdadeiros macróbios, e de olhinho fechado e tudo. Enquanto que nos Estados Unidos eu creio que seja mais... *cheek to cheek*. Lembro-me que em Paris, no Club St. Florentin, onde eu ia bastante, havia na pista um velhinho sempre com meninas diferentes. O "matusa" enfrentava qualquer parada, do rock ao chá--chá-chá e dançava o fino, com todos os extravagantes passinhos com que os gauleses enfeitam as danças do Caribe, sem falar no nosso samba. Um dia, um rapazinho folgado veio convidar a menina do velhinho para dançar e sabem o que ela disse? — isso mesmo que vocês estão pensando e mais toda essa coisa. E enquanto isso, o velhinho, de pé, o peito inchado, pronto para sair na física.

Eu achei a cena uma graça só, mas não sei se teria sentido o mesmo aqui no Brasil, se ela se tivesse passado no Sacha's com algum parente meu. Porque, no fundo, nós queremos os nossos velhinhos em casa, em sua cadeira de balanço, lendo Michel Zevaco ou pensando na morte próxima, como fazia meu avô. Velhinho saliente é muito bom, muito bom, mas de avô dos outros. Nosso, não.

O TEMPO SOB O SOL

O sol de domingo pôs na praia toda a população da Zona Sul. Bateu de chapa na cidade falsa, em seus falsos arranha- -céus, em sua falsa comunidade, e aí pelo meio-dia as areias de Copacabana, Ipanema e Leblon crepitavam de mocidades atléticas, madurezas adiposas e velhices murchas, num desperdício de carne humana. Jogos de bola, jogos de mão, jogos de olhares — a gente moça expunha-se com vigor ao cautério solar, enquanto os mais comprometidos com a morte resguardavam-se à sombra das barra- cas, dando um mergulho ou outro de curta duração e voltando *ad locum suum* inchando o peito e encolhendo a barriga.

Um espetáculo belo-horrível, para usar desse desagradável lugar- -comum. Vi uns poucos amigos meus, gente a beirar os quarenta, todos eles com os tórax começando a se aplastar em distensões abdominais mais ou menos consideráveis: essas irremediáveis de- formações que o tempo impõe ao corpo humano que prefere viver a se conservar; as mesmas que noto em mim mesmo diariamente e cuja eliminação exige uma força de vontade que não tenho e nem quero ter. Negócio pau, com que a gente sofre a princípio, depois acostuma-se porque não há nada a fazer. Vem tão rápido que mal se percebe. Um dia se é um rapazinho esguio, de perna forte e peito dividido, a dar "paradas" nos bancos da praia para as meninas verem; depois, súbito — um aborrecimento, um período duro, uma paixão, uma viagem — e se é um homem com cabelos começando a embranquecer, os músculos docemente cobertos por uma leve camada de gordura, o fígado inchado, milhões de responsabilidades e uma missão a cumprir na vida.

Tudo isso vem de repente, quando menos se espera. E chega para todo mundo, menos para os reservados, os que preferem se guardar para os vermes da terra. Essa dor do tempo, de que nenhum poeta falou direito ainda.

Mas é isso mesmo. Hoje somos nós, amanhã são eles, depois de amanhã são os filhos deles, nossos possíveis netos. Esta joça toda caminha para a constelação de Órion desde há alguns milhares de séculos. Em vista do quê, preparemo-nos para os pileques de fim de ano, que vêm aí. Mais um ano, meus amigos. Estamos fritos.

DEPOIS DA GUERRA

Depois da Guerra vão nascer lírios nas pedras, grandes lírios cor de sangue, belas rosas desmaiadas. Depois da Guerra vai haver fertilidade, vai haver natalidade, vai haver felicidade. Depois da Guerra, ah meu Deus, depois da Guerra, como eu vou tirar a forra de um jejum longo de farra! Depois da Guerra vai-se andar só de automóvel, atulhado de morenas todas vestidas de short. Depois da Guerra, que porção de preconceitos vão se acabar de repente com respeito à castidade! Moças saudáveis serão vistas pelas praias, mamães de futuros gêmeos, futuros gênios da pátria. Depois da Guerra, ninguém bebe mais bebida que não tenha um bocadinho de matéria alcoolizante. A Coca-Cola será relegada ao olvido, cachaça e cerveja muita, que é bom pra alegrar a vida! Depois da Guerra não se fará mais a barba, gravata só pra museu, pés descalços, braços nus. Depois da Guerra, acabou burocracia, não haverá mais despachos, não se assina mais o ponto. Branco no preto, preto e branco no amarelo, no meio uma fita de ouro gravada com o nome dela. Depois da Guerra ninguém corta mais as unhas, que elas já nascem cortadas para o resto da existência.

Depois da Guerra não se vai mais ao dentista, nunca mais motor no nervo, nunca mais dente postiço. Vai haver cálcio, vitamina e extrato hepático correndo nos chafarizes, pelas ruas da cidade. Depois da Guerra não haverá mais Cassinos, não haverá mais Lídices, não haverá mais Guernicas. Depois da Guerra vão voltar os bons tempinhos do Carnaval carioca com muito confete, entrudo e briga. Depois da Guerra, pirulim, depois da Guerra, vai surgir um sociólogo de espantar Gilberto Freyre. Vai-se estudar cada coisa mais gozada, por exemplo, a relação entre o Cosmos e a mulata. Grandes poetas farão grandes epopeias, que deixarão no chinelo Camões, Dante e Itararé. Depois da Guerra, meu amigo Graciliano pode tirar os chinelos e ir dormir a sua sesta. Os romancistas viverão só de estipêndios, trabalhando sossegados numa casa na montanha. Depois da Guerra vai-se tirar muito mofo de homens padronizados pra fazer penicilina. Depois da Guerra não haverá mais tristeza: todo o mundo se abraçando num geral desarmamento. Chega francês, bate nas costas do inglês, que convida o italiano para um chope no Alemão. Depois da Guerra, pirulim, depois da Guerra, as mulheres andarão perfeitamente à vontade. Ninguém dirá a expressão "mulher perdida", que serão todas achadas sem mais banca, sem mais briga. Depois da Guerra vão se abrir todas as burras, quem estiver mal de cintura faz logo um requerimento. Os operários irão ao Bife de Ouro, comerão somente o bife, que ouro não é comestível. Gentes vestindo macacões de fecho zíper dançarão seu jiterbugue em plena Copacabana. Bandas de música voltarão para os coretos, o povo se divertindo no remelexo do samba. E quanto samba, quanta doce melodia, para a alegria da massa comendo cachorro-quente! O poeta Schmidt voltará à poesia, de que anda desencantado, e escreverá grandes livros. Quem quiser ver o poeta Carlos criando ligará a televisão, lá está ele, que homem magro! Manuel Bandeira dará aula em praça pública, sua voz seca soando num bruto de um megafone. Murilo Mendes ganhará um autogiro, trará mensagens de Vênus, ensinando o povo a amar. Aníbal Machado estará são como um *perro*, numa tal atividade que Einstein rasga seu livro. Lá no planalto os negros nossos irmãos voltarão para os seus clubes de que foram escorraçados por lojistas da Direita (rua). Ah, quem me dera que essa Guerra logo acabe e os homens criem juízo e aprendam a viver a vida. No meio-tempo, vamos dando tempo ao tempo, tomando nosso chopinho, trabalhando pra família. Se cada um ficar quieto no seu canto, fazendo as coisas certinho, sem aturar desaforo; se cada um tomar vergonha na cara, for pra guerra, for pra fila com vontade e paciência — não é possível! esse negócio melhora, porque ou muito me engano, ou tudo isso não passa de um grande, de um doloroso, de um atroz mal-entendido!

Maio de 1944

SENTIDO DA PRIMAVERA

Ao acordar, naquele dia preliminar da Primavera, senti imediatamente que alguma coisa tinha acontecido de muito fundamental na ordem do mundo. Eu, homem de despertar difícil, pulei da cama tão bem-disposto e leve que, por um momento, assustei-me com a sensação indizível que sentia. Ao pegar o copo habitual para a minha água matutina, notei que se achava cheio de uma substância volátil, penetrada de uma linda cor violeta. E não sei por que bebi do copo vazio, estranguladamente, o ar da Primavera, de gosto azul e fragrância fria, com um peso específico de sonho.

Durante alguns minutos nada me aconteceu. Tomei meu café, fumei um cigarro e dei uma olhada nas coisas. Mas de repente senti que em mim a matéria começava a se transformar. Palpitações violentas confrangeram-me o coração e eu mal conseguia respirar. Vi minha filhinha Susana distorcer-se à minha frente como ante um espelho côncavo e logo em seguida penetrou-me um cheiro tão monumental que pensei se me tivesse enlouquecido a imaginação. Era um cheiro de menininha, um cheiro que eu conhecia bem, próprio de minha filha, mistura de talco, suorzinho, lavanda, xixi, sabonete, leite e sono; mas desta vez com uma tal amplitude que eu podia perfeitamente distinguir cada um dos subcheiros da sua composição. No talco, por exemplo, senti um cheiro de polvilho que não o abona, talco tão caro!, e senti também que no leite havia um cheiro de água, o que só vem corroborar a certeza geral de que o leite, nesta cidade do Rio de Janeiro, anda sendo fartamente batizado.

Depois senti milhões de cheiros. Não os descreverei todos para não ferir, com o desagrado de alguns, os ouvidos — diria melhor: os narizes — do leitor mais delicado. Como todo mundo sabe, a praia do Leblon não cheira a rosas — e caiba-me aqui mais uma vez chamar a atenção das autoridades competentes para o crime que é despejarem os esgotos naquelas águas onde se banha o que de mais inocente há no bairro: a criançada rica, remediada e pobre das ruas pavimentadas e da Praia do Pinto. Enfim, estou a fugir do meu assunto, mas valha-me a referência para registrar um cheiro enorme que senti na ocasião: um cheiro de miséria, que só poderia provir da dita Praia do Pinto, lugar, como todo mundo sabe, onde se comprime, em barracões infectos, a mais negra, sórdida e desamparada indigência da zona.

Mas até já ia me esquecendo: senti um cheiro de nazismo, súbito. Ora — direis —, como é esse tal cheiro de nazismo? Reconheço a dificuldade de descrevê-lo em toda a sua complexidade, mas penso que era um cheiro branco, inodoro, perfeitamente ortodoxo, no entanto, com laivos de salsicha, chope e cachorro policial, um cheiro de radiotelegrafia e talvez de cemitério. Não podia, porém, precisar de onde ele vinha, querendo me parecer, sem haver nisso qualquer insinuação, que chegava da rua Visconde de Pirajá, possivelmente, de algum café ou bar, desses onde se reúnem os nazistas conhecidos e desconhecidos que continuam a se aporrinhar mutuamente em grupos, pelos bebedouros de importação germânica que ainda existem nesta cidade hospitaleira.

Tudo isso constituía um fenômeno muito curioso. Os cheiros mais estranhos, os mais perversos, os mais doces, os do amor, os da solidão, perseguiam-me como outros tantos espíritos da Primavera. Um cheiro dolorosíssimo de morte chegou-me ao mesmo tempo que um odor de nascimento. Soube que alguém morria e nascia naquele instante particular do mundo e senti o cheiro da minha vaidade de me saber dono de um tão grande privilégio. Curioso também: só não conseguia sentir bem, em meio àquela sinfonia de cheiros, o aroma das coisas obviamente cheirosas como as flores e as mulheres em geral. O perfume do mar, por exemplo, eu o sentia em toda a sua frescura, verde, salso, infinito, e também o cheiro da areia que por sua vez cheirava a nuvem. Cheiro horrível era o de uma mosca que naquela ocasião voejava à minha volta: bicho imundo! Tive que fugir para a varanda, onde senti o vigoroso cheiro da madeira dos troncos, um rubicundo cheiro de sol e... ah, esses gatos miseráveis! Um dia ainda passo fogo num!

Ao sentir um cheiro de cachaça pensei comigo que meu amigo... (não, não o desmoralizarei) devia estar por perto: e efetivamente, pouco depois chegava ele com um queijo de minas debaixo do braço, cujo cheiro me deu vertigens. Mas eu acho o cheiro de queijo tão bom (contra, bem sei, a opinião de quase todo mundo, que, estou certo, irá rir de mim) que seria capaz de usá-lo no lenço, quando, naturalmente, não houvesse ninguém por perto. Aliás, poderia usar no lenço também cheiro de graxa ou gasolina, cheiro de torrefação de café ou mesmo cheiro de padaria de madrugada, quando o pão é feito.

Tantos cheiros, tantos... O cheiro do teu riso, minha adorada, de tua boca quente e sem malícia. O cheiro de tua pureza, coisa inefável, parecendo sândalo ou alfazema. O cheiro da tua devoção de cada instante, cheirando a alecrim ou mato verde, o cheiro da tua emoção constante, como o da terra viva molhada de chuva...

E depois senti um cheiro de sobrenatural, um gigantesco cheiro de sobrenatural, um cheiro de éter, um cheiro de cristal transparente em vibração, um cheiro de luz antiga, ainda fria dos eternos espaços por onde passara em seu caminho para a Terra. A Primavera cheirava toda para mim, só para mim, desnudada, a dançar na manhã azul perfeita, embriagante, toda olhos claros e sorrisos, a abrir com beijos de brisa a boca infantil das corolas nascituras. E dentro da Primavera senti um cheiro mágico de Paz.

Novembro de 1944

MORTE NATURAL

Nós costumamos ligar a ideia de morte natural apenas ao homem, como se as plantas e os animais não morressem naturalmente. E mesmo nas plantas e animais, só nos lembramos disso quando sua morte vem ligada a alguma noção peculiar, gênero morte de elefante que, diz-se, ao se sentir morrer caminha léguas em demanda do cemitério de seus congêneres, onde deita o vasto corpo entre as carcaças familiares e desobjetiva em boas condições.

Só raramente nos lembramos que bichos pequenos também morrem de morte natural. Quando por acaso encontramos sobre uma mesa, ou no chão, uma mosca, hirta, nunca nos vem a ideia de que ela faleceu dentro das regras: isso porque para todo mundo a mosca é um inseto que não morre — é morto. E assim para a grande maioria dos bichinhos. Quem é que vai se lembrar de que uma joaninha pode morrer, ou um mosquitinho, ou uma baratinha-da-praia, ou uma pulga, ou uma minhoca? São bichos de tal modo submissos aos azares da morte violenta, de tal modo sujeitos a serem comidos por um outro bicho, pisados, batidos, espremidos, dedetizados, que acabam, no consenso do homem, sem direito a morte própria. Daí o espanto que se tem ao ver o raro espetáculo de uma mosca moribunda agitando as patinhas nas vascas da agonia.

Onde será que ficam as centenas de milhares de cadáveres de dípteros, coleópteros, lepidópteros — toda legião de invertebrados que deve viver morrendo por aí? É curioso como quase não se veem bichinhos mortos, quando eles morrem às pamparras; sim, porque há muitos que vivem horas apenas... Onde ficam as borboletas mortas que eu não as vejo em lugar nenhum, nem mesmo nas matas? Aliás, onde estão as borboletas, que desapareceram dos jardins e parques, que não agitam mais suas asinhas coloridas em torno dos pés de manacás ou por entre o capim alto dos terrenos baldios da cidade? Será que não concordaram com o mau gosto dos objetos feitos com suas asas e em sinal de protesto contra a estultícia do turista consumidor suicidaram-se em massa atirando-se ao mar? De fato, não há mais borboletas. A última que vi era uma grande borboleta amarela num livro de crônicas de Rubem Braga...

Um dia, passeando nos terrenos de um castelo inglês cerca de Oxford — era uma tarde dourada de folhas de outono —, ouvi no ar um estranho grito, um som agudo e horrível, entre espasmo e canto. Olhei para cima e vi um passarinho cumprir, num derradeiro estertor de vida, sua última parábola ascendente. Ele subiu até onde pôde e depois caiu a prumo, quase aos meus pés. Peguei-o. Suas plumas foram ainda por algum tempo doces e quentes na minha mão em concha.

Outubro de 1953

O EXERCÍCIO DA CRÔNICA

O EXERCÍCIO DA CRÔNICA

Escrever prosa é uma arte ingrata. Eu digo prosa fiada, como faz um cronista; não a prosa de um ficcionista, na qual este é levado meio a tapas pelas personagens e situações que, azar dele, criou porque quis. Com um prosador do cotidiano, a coisa fia mais fino. Senta-se ele diante de sua máquina, acende um cigarro, olha através da janela e busca fundo em sua imaginação um fato qualquer, de preferência colhido no noticiário matutino, ou da véspera, em que, com as suas artimanhas peculiares, possa injetar um sangue novo. Se nada houver, resta-lhe o recurso de olhar em torno e esperar que, através de um processo associativo, surja-lhe de repente a crônica, provinda dos fatos e feitos de sua vida emocionalmente despertados pela concentração. Ou então, em última instância, recorrer ao assunto da falta de assunto, já bastante gasto, mas do qual, no ato de escrever, pode surgir o inesperado.

Alguns fazem-no de maneira simples e direta, sem caprichar demais no estilo, mas enfeitando-o aqui e ali desses pequenos achados que são a sua marca registrada e constituem um tópico infalível nas conversas do alheio naquela noite. Outros, de modo lento e elaborado, que o leitor deixa para mais tarde como um convite ao sono: a estes se lê como quem mastiga com prazer grandes bolas de chicletes. Outros, ainda, e constituem a maioria, "tacam peito" na máquina e cumprem o dever cotidiano da crônica com uma espécie de desespero, numa atitude ou-vai-ou-racha. Há os eufóricos, cuja prosa procura sempre infundir vida e alegria em seus leitores, e há os tristes, que escrevem com o fito exclusivo de desanimar o gentio não só quanto à vida, como quanto à condição humana e às razões de viver. Há também os modestos, que ocultam cuidadosamente a própria personalidade atrás do que dizem e, em contrapartida, os vaidosos, que castigam no pronome na primeira pessoa e colocam-se geralmente como a personagem principal de todas as situações. Como se diz que é preciso um pouco de tudo para fazer um mundo, todos estes "marginais da imprensa", por assim dizer, têm o seu papel a cumprir. Uns afagam vaidades, outros as espicaçam; este é lido por puro deleite, aquele por puro vício. Mas uma coisa é certa: o público não dispensa a crônica, e o cronista afirma-se cada vez mais como o cafezinho quente seguido de um bom cigarro, que tanto prazer dão depois que se come.

Coloque-se porém o leitor, o ingrato leitor, no papel do cronista. Dias há em que, positivamente, a crônica "não baixa". O cronista levanta-se, senta-se, lava as mãos, levanta-se de novo, chega à janela, dá uma telefonada a um amigo, põe um disco na vitrola, relê crônicas passadas em busca de inspiração — e nada. Ele sabe que o tempo está correndo, que a sua página tem uma hora certa para fechar, que os linotipistas o estão esperando com impaciência, que o diretor do jornal está provavelmente coçando a cabeça e dizendo a seus auxiliares: "É... não há nada a fazer com fulano...". Aí então é que, se ele é cronista mesmo, ele se pega pela gola e diz: "Vamos, escreve, ó mascarado! Escreve uma crônica sobre esta cadeira que está aí em tua frente! E que ela seja benfeita e divirta os leitores!". E o negócio sai de qualquer maneira.

O ideal para um cronista é ter sempre uma ou duas crônicas adiantadas. Mas eu conheço muito poucos que o façam. Alguns tentam, quando começam, no afã de dar uma boa impressão ao diretor e ao secretário do jornal. Mas se ele é um verdadeiro cronista, um cronista que se preza, ao fim de duas semanas estará gastando a metade do seu ordenado em mandar sua crônica de táxi — e a verdade é que, em sua inocente maldade, tem um certo prazer em imaginar o suspiro de alívio e a correria que ela causa, quando, tal uma filha desaparecida, chega de volta à casa paterna.

SOBRE POESIA

Não têm sido poucas as tentativas de definir o que é poesia. Desde Platão e Aristóteles até os semânticos e concretistas modernos, insistem filósofos, críticos e mesmo os próprios poetas em dar uma definição da arte de se exprimir em versos, velha como a humanidade. Eu mesmo, em artigos e críticas que já vão longe, não me pude furtar à vaidade de fazer os meus *mots de finesse* em causa própria — coisa que hoje me parece se não irresponsável, pelo menos bastante literária.

Um operário parte de um monte de tijolos sem significação especial senão serem tijolos para — sob a orientação de um construtor que por sua vez segue os cálculos de um engenheiro obediente ao projeto de um arquiteto — levantar uma casa. Um monte de tijolos é um monte de tijolos. Não existe nele beleza específica. Mas uma casa pode ser bela, se o projeto de um bom arquiteto tiver a estruturá-lo os cálculos de um bom engenheiro e a vigilância de um bom construtor no sentido do bom acabamento, por um bom operário, do trabalho em execução.

Troquem-se tijolos por palavras, ponha-se o poeta, subjetivamente, na quádrupla função de arquiteto, engenheiro, construtor e operário, e aí tendes o que é poesia. A comparação pode parecer orgulhosa, do ponto de vista do poeta, mas, muito pelo contrário, ela me parece colocar a poesia em sua real posição diante das outras artes: a de verdadeira humildade. O material do poeta é a vida, e só a vida, com tudo o que ela tem de sórdido e sublime. Seu instrumento é a palavra. Sua função é a de ser expressão verbal rítmica ao mundo informe de sensações, sentimentos e pressentimentos dos outros com relação a tudo o que existe ou é passível de existência no mundo mágico da imaginação. Seu único dever é fazê-lo da maneira mais bela, simples e comunicativa possível, do contrário ele não será nunca um bom poeta, mas um mero lucubrador de versos.

O material do poeta é a vida, dissemos. Por isso me parece que a poesia é a mais humilde das artes. E, como tal, a mais heroica, pois essa circunstância determina que o poeta constitua a lenha preferida para a lareira do alheio, embora o que se mostre de saída às visitas seja o quadro em cima dela, ou a escultura no saguão, ou o último *long-playing* em alta-fidelidade, ou a própria casa, se ela for obra de um arquiteto de nome. E eu vos direi o porquê dessa atitude, de vez que não há nisso nenhum mistério, nem qualquer demérito para a poesia. É que a vida é para todos um fato cotidiano. Ela o é pela dinâmica mesma de suas contradições, pelo equilíbrio mesmo de seus polos contrários. O homem não poderia viver sob o sentimento permanente dessas contradições e desses contrários, que procura constantemente esquecer para poder mover a máquina do mundo, da qual é o único criador e obreiro, e para não perder a sua razão de ser dentro de uma natureza em que constitui ao mesmo tempo a nota mais bela e mais desarmônica. Ou melhor: para não perder a razão *tout court*.

Mas para o poeta a vida é eterna. Ele vive no vórtice dessas contradições, no eixo desses contrários. Não viva ele assim, e transformar-se-á certamente, dentro de um mundo em carne viva, num jardinista, num floricultor de espécimes que, por mais belos sejam, pertencem antes a estufas que ao homem que vive nas ruas e nas casas. Isto é: pelo menos para mim. E não é outra a razão pela qual a poesia tem dado à história, dentro do quadro das artes, o maior, de longe o maior número de santos e de mártires. Pois, individualmente, o poeta é, ai dele, um ser em constante busca de absoluto e, socialmente, um permanente revoltado. Daí não haver por que estranhar o fato de ser a poesia, para efeitos domésticos, a filha pobre na família das artes, e um elemento de perturbação da ordem dentro da sociedade tal como está constituída.

Diz-se que o poeta é um criador, ou melhor, um estruturador de línguas e, sendo assim, de civilizações. Homero, Virgílio, Dante, Chaucer, Shakespeare, Camões, os poetas anônimos do *Cantar de Mío Cid* vivem à base dessas afirmações. Pode ser. Mas para o burguês comum a poesia não é coisa que se possa trocar usualmente por dinheiro, pendurar na parede como um quadro, colocar num jardim como uma escultura, pôr num toca-discos como uma sinfonia, transportar para a tela como um conto, uma novela ou um romance, nem encenar, como um roteiro cinematográfico, um balé ou uma peça de teatro. Modigliani — que se fosse vivo seria multimilionário como Picasso — podia, na época em que morria de fome, trocar uma tela por um prato de comida: muitos artistas plásticos o fizeram antes e depois dele. Mas eu acho difícil que um poeta possa jamais conseguir o seu filé em troca de um soneto ou uma balada. Por isso me parece que a maior beleza dessa arte modesta e heroica seja a sua aparente inutilidade. Isso dá ao verdadeiro poeta forças para jamais se comprometer com os donos da vida. Seu único patrão é a própria vida: a vida dos homens em sua longa luta contra a natureza e contra si mesmos para se realizarem em amor e tranquilidade.

VELHA MESA

É uma velha mesa sobre a qual bato hoje a minha crônica. Pouco mais de um metro por uns quarenta centímetros de largura. Móvel digno, com duas gavetas laterais, um verniz escuro cobria em outros tempos seu jacarandá. Às vezes me dá vontade de parar de escrever, descansar minha cabeça no seu duro regaço e ficar lembrando a infância longínqua.

É uma velha querida mesa. Foi lixada para parecer mais nova, mas mostra ainda por toda parte as rugas que lhe causaram a minha inquietação juvenil. O canivete entalhou fundo em sua carne fibrosa e ainda é possível distinguir nomes de antigas amadas, quase esvanecidos. Lembro de que aqui à direita ficava o teu nome pequeno e louro, ó minha namorada de oito anos. Na ponta esquerda, lá onde existe um nódulo escuro, havia uma cruz assim:

```
    A
A   M   O   R
    O
    R
```

— como a prenunciar um eterno suplício. A palavra POESIA gravada em caracteres largos, não mais se vê, mas o pequeno violão desenhado a gilete, com uma clave de sol ao lado, resistiu ao carpinteiro.

Foi esta a única verdadeira mesa de trabalho que jamais tive. Na gaveta da direita guardava os versos de meu pai, minha primeira e maior influência. Meus cadernos de estudo, empilhava-os à esquerda — ah, cadernos meus de geografia com mapas tão cuidadosamente copiados! — e do outro lado alinhava o grande caderno preto da prefeitura, onde passava a limpo meus primeiros versos. A página de guarda mostrava, escrito a tinta, o título *Foederis arca* — A arca da fé — e levava, se não me engano, epígrafe de Vigny e um gosto à reticência...

> *J'écris... pourquoi?...*
> *Je ne sais... parce qu'il faut...*

Nessa mesa passou horas infindáveis de amor e poesia um menino com o meu rosto, labutando no verso uma forma ainda hoje não alcançada. E foi nela também que, uma madrugada, a suar sangue, um poetinha de dezoito anos desencantou de uma página em branco o seu primeiro poema original — emoção tão grande como talvez nunca nenhuma.

Doce rever-te, velha mesa, depois de tanto, tanto tempo. Como a ti, andaram me polindo. Há também em mim nomes e símbolos quase indistinguíveis sob a lixa do tempo. Mas não és tu a mesa da infância e da juventude — aquela sobre que gotejaram, no pungente labor do verso e na angústia do amor sozinho, as primeiras lágrimas de um homem que nada sabia e nada sabe senão amar a mulher?

O EXERCÍCIO DA CRÔNICA

O cronista trabalha com um instrumento de grande divulgação, influência e prestígio, que é a palavra impressa. Um jornal, por menos que seja, é um veículo de ideias que são lidas, meditadas e observadas por uma determinada corrente de pensamento formada à sua volta.

Um jornal é um pouco como um organismo humano. Se o editorial é o cérebro; os tópicos e notícias, as artérias e veias; as reportagens, os pulmões; o artigo de fundo, o fígado; e as seções, o aparelho digestivo — a crônica é o seu coração. A crônica é matéria tácita de leitura, que desafoga o leitor da tensão do jornal e lhe estimula um pouco a função do sonho e uma certa disponibilidade dentro de um cotidiano quase sempre "muito tido, muito visto, muito conhecido", como diria o poeta Rimbaud.

Daí a seriedade do ofício do cronista e a frequência com que ele, sob a pressão de sua tirania diária, aplica-lhe balões de oxigênio. Os melhores cronistas do mundo, que foram os do século XVIII, na Inglaterra — os chamados *essayists* —, praticaram o *essay*, isto de onde viria a sair a crônica moderna, com um zelo artesanal tão proficiente quanto o de um bom carpinteiro ou relojoeiro. Libertados da noção exclusivamente moral do primitivo *essay*, os oitocentistas ingleses deram à crônica suas primeiras lições de liberdade, casualidade e lirismo, sem perda do valor formal e da objetividade. Addison, Steele, Goldsmith e sobretudo Hazlitt e Lamb — estes os dois maiores — fizeram da crônica, como um bom mestre carpinteiro o faria com uma cadeira, um objeto leve mas sólido, sentável por pessoas gordas ou magras.

Do último, a crônica "O convalescente" serviria bem para ilustrar o estado de espírito maníaco-lírico-depressivo do cronista de hoje, inteiramente entregue ao egoísmo de sua doença e à constante consideração de sua pessoinha, isolado no seu mundo de cortinas corridas, a lamber complacentemente as próprias feridas diante de um espelho pessimista.

Num mundo doente a lutar pela saúde, o cronista não se pode comprazer em ser também ele um doente; em cair na vaguidão dos neurastenizados pelo sofrimento físico; na falta de segurança e objetividade dos enfraquecidos por excessos de cama e carência de exercícios. Sua obrigação é ser leve, nunca vago; íntimo, nunca intimista; claro e preciso, nunca pessimista. Sua crônica é um copo d'água em que todos bebem, e a água há que ser fresca, limpa, luminosa para a satisfação real dos que nela matam a sede.

Num momento em que o grande mal de grande parte do mundo é o entreguismo, a timidez e a franca covardia, o exercício da crônica reticente, da crônica vaga, da crônica temperamental, da crônica ególatra, da crônica *à clef*, da crônica de cartola — é um crime tão grande quanto o de se vender, em época de epidemia, um antibiótico adulterado. A restauração da crônica, no espírito da dignidade com que a praticaram os *essayists* ingleses do século XVIII, deveria constituir matéria de funda meditação por parte de seus cultores no Brasil.

Setembro de 1953

OPERÁRIOS EM CONSTRUÇÃO

Às vezes, enquanto trabalho em casa, na minha máquina, e busco no abstrato da paisagem urbana a forma do que quero dizer, acabo esquecendo de tudo para fixar minha atenção sobre os operários que terminam o edifício em frente. Chegaram agora à fase em que só falta pintar as esquadrias e dar caiação final no primeiro andar. Venho, há meses, observando-os trabalhar, erguer a sólida estrutura de oito pisos, com três apartamentos por andar. Vi-os situar as fundações, levantar o cipoal de aço e cimento que era como o esqueleto do prédio. Vi-os colocar-lhe os soalhos, enquadrar-lhe as portas e janelas, revesti-los de sua epiderme intensa de tijolos refratários. Fui espectador emocionado de suas perigosas passagens para a prancha móvel, à guisa de elevador, sobre a área mínima da qual suspendiam-se para rebocar e caiar os grandes muros externos laterais da construção paciente e imóvel. Juro que ouvia tambores surdos, como antes do número de sensação ao trapézio volante de um circo, cada vez que um daqueles homens cor de cimento fazia arriscadíssima passagem da janela para a prancha estreita presa a roldanas colocadas no alto do edifício. Admirei-os em suas displicentes poses escultóricas, mãos na cintura sobre a tábua balouçante, indiferentes à sucção do abismo aberto em espirais de morte sob seus pés. A um vi fazer pipi lá para baixo, num perfeito à vontade, provocando-me necessidade idêntica, ai de mim, fruto de uma reação do meu vagossimpático (pois que sofro vertigem das alturas). À noite, ouvi-os cantar, no barracão que levantaram no pátio dos fundos, enquanto o fogo de sua cozinha rústica crepitava no escuro e seus violões ponteavam bordões dolentes. Apreciei-os brincar e brigar, passarem-se objetos jogando-os com incrível precisão, discutir problemas de construção e lances de futebol e receber empregadas da vizinhança com as quais se internavam prédio adentro: e que alegres voltavam desses rápidos sequestros!

Agora a estrutura se erige — mais um apartamento na colmeia em torno — e os operários esticam seu labor na preguiça dos retoques finais. Ergueram o prédio. Cumpriram seu dever. Criaram com suas mãos o plano de um arquiteto. Deram vida ao espaço. E em verdade eu vos digo que é justo o lazer que ora se permitem, pois multiplicaram uma só unidade residencial em muitas, capazes de abrigar as alegrias, tristezas, amores e lutas de outros tantos homens. E, fazendo-o, fizeram trabalho de homem.

Setembro de 1953

BATIZADO NA PENHA

BATIZADO NA PENHA

Eu sou um sujeito que, modéstia à parte, sempre deu sorte aos outros (viva, minha avozinha diria: "Meu filho, enquanto você viver não faltará quem o elogie..."). Menina que me namorava casava logo. Amigo que estudava comigo acabava primeiro da turma. Sem embargo, há duas coisas com relação às quais sinto que exerço um certo pé-frio: viagem de avião e esse negócio de ser padrinho. No primeiro caso o assunto pode ser considerado controverso, de vez que, num terrível desastre de avião que tive, saí perfeitamente ileso, e numa pane subsequente, em companhia de Alex Viany, Luís Alípio de Barros e Alberto Cavalcanti, nosso *Beechcraft*, enguiçado em seus dois únicos motores, conseguiu no entanto pegar um campinho interditado em Canavieiras, na Bahia, onde pousou galhardamente, para gáudio de todos, exceto Cavalcanti, que dormia como um justo.

Mas no segundo caso é batata. Afilhado meu morre em boas condições, em período que varia de um mês a dois anos. Embora não seja supersticioso, o meu coeficiente de afilhados mortos é meio velhaco, o que me faz hoje em dia declinar delicadamente da honra, quando se apresenta o caso. O que me faz pensar naquela vez em que fui batizar meu último afilhado na igreja da Penha, há coisa de uns vinte anos.

Éramos umas cinco ou seis pessoas, todos parentes, e subimos em boa forma os trezentos e não sei mais quantos degraus da igrejinha, eu meio cético com relação à minha nova investidura, mas no fundo tentando me convencer de que a morte de meus dois afilhados anteriores fora mera obra do acaso. Conosco ia Leonor, uma pretinha de uns cinco anos, cria da casa de meus avós paternos.

Leonor era como um brinquedo para nós da família. Pintávamos com ela e a adorávamos, pois era danada de bonitinha, com as trancinhas espetadas e os dentinhos muito brancos no rosto feliz. Para mim Leonor exercia uma função que considero básica e pela qual lhe pagava quatrocentos réis, dos grandes, de cada vez: coçar-me as costas e os pés. Sim, para mim cosquinha nas costas e nos pés vem praticamente em terceiro lugar, logo depois dos prazeres da boa mesa; e se algum dia me virem atropelado na rua, sofrendo dores, que haja uma alma caridosa para me coçar os pés e eu morrerei contente.

Mas voltando à Penha: uma vez findo o batizado, saímos para o sol claro e nos dispusemos a efetuar a longa descida de volta. A Penha, como é sabido, tem uma extensa e suave rampa de degraus curtos que cobrem a maior parte do trajeto, ao fim da qual segue-se um lance abrupto. Vínhamos com cuidado ao lado do pai com a criança ao colo, o olho baixo para evitar alguma queda. Mas não Leonor! Leonor vinha brincando como um diabrete que era, pulando os degraus de dois em dois, a fazer travessuras contra as quais nós inutilmente a advertimos.

Foi dito e feito. Com a brincadeira de pular os degraus de dois em dois, Leonor ganhou *momentum* e quando se viu ela os estava pulando de três em três, de quatro em quatro e de cinco em cinco. E lá se foi a pretinha Penha abaixo, os braços em pânico, lutando para manter o equilíbrio e a gritar como uma possessa.

Nós nos deixamos estar, brancos. Ela ia morrer, não tinha dúvida. Se rolasse, ia ser um trambolhão só por ali abaixo até o lance abrupto, e pronto. Se conseguisse se manter, o mínimo que lhe poderia acontecer seria levantar voo quando chegasse ao tal lance, considerada a velocidade em que descia. E lá ia ela, seus gritos se distanciando mais e mais, os bracinhos se agitando no ar em sua incontrolável carreira pela longa rampa luminosa.

Salvou-a um herói que quase no fim do primeiro lance pôs--se em sua frente, rolando um para cada lado. Não houve senão pequenas escoriações. Nós a sacudíamos muito, para tirá-la do trauma nervoso em que a deixara o tremendo susto passado. De pretinha, Leonor ficara cinzenta. Seus dentinhos batiam incrivelmente e seus olhos pareciam duas bolas brancas no negro do rosto. Quando conseguiu falar, a única coisa que sabia repetir era: "Virge Nossa Senhora! Virge Nossa Senhora!".

Foi o último milagre da Penha de que tive notícia.

Novembro de 1952

SEU "AFREDO"

Seu Afredo (ele sempre subtraía o *l* do nome, ao se apresentar com uma ligeira curvatura: "Afredo Paiva, um seu criado...") tornou-se inesquecível à minha infância porque tratava-se muito mais de um linguista que de um encerador. Como encerador, não ia muito lá das pernas. Lembro-me que, sempre depois de seu trabalho, minha mãe ficava passeando pela sala com uma flanelinha debaixo de cada pé, para melhorar o lustro. Mas, como linguista, cultor do vernáculo e aplicador de sutilezas gramaticais, seu Afredo estava sozinho.

Tratava-se de um mulato quarentão, ultrarrespeitador, mas em quem a preocupação linguística perturbava às vezes a colocação pronominal. Um dia, numa fila de ônibus, minha mãe ficou ligeiramente ressabiada quando seu Afredo, casualmente de passagem, parou junto a ela e perguntou-lhe à queima-roupa, na segunda do singular:

— Onde *vais* assim tão elegante?

Nós lhe dávamos uma bruta corda. Ele falava horas a fio, no ritmo do trabalho, fazendo os mais deliciosos pedantismos que já me foi dado ouvir. Uma vez, minha mãe, em meio à lide caseira, queixou-se do fatigante ramerrão do trabalho doméstico. Seu Afredo virou-se para ela e disse:

— Dona Lídia, o que a senhora precisa fazer é ir a um médico e tomar a sua *quilometragem*. Diz que é muito *bão*.

De outra feita, minha tia Graziela, recém-chegada de fora, cantarolava ao piano enquanto seu Afredo, acocorado perto dela, esfregava cera no soalho. Seu Afredo nunca tinha visto minha tia mais gorda. Pois bem: chegou-se a ela e perguntou-lhe:

— Cantas?

Minha tia, meio surpresa, respondeu com um riso amarelo:

— É, canto às vezes, de brincadeira...

Mas, um tanto formalizada, foi queixar-se a minha mãe, que lhe explicou o temperamento do nosso encerador:

— Não, ele é assim mesmo. Isso não é falta de respeito, não. É excesso de... gramática.

Conta ela que seu Afredo, mal viu minha tia sair, chegou-se a ela com ar disfarçado e falou:

— Olhe aqui, dona Lídia, não leve a mal, mas essa menina, sua irmã, se ela pensa que pode cantar no rádio com essa voz, 'tá redondamente enganada. Nem em programa de calouro!

E, a seguir, ponderou:

— Agora, piano é diferente. Pianista ela é!

E acrescentou:

— *Eximinista* pianista!

Setembro de 1953

APELIDOS

O gênio do apelido é virtude brasileira, diria quase carioca. Não conheço, em outros povos, uma tal espontaneidade na caracterização de tipos através de apelidos. Aqui no Rio, então, se o sujeito não tiver sido muito benfeitinho, a régua e compasso, dificilmente o seu defeito ou modo peculiar de ser passará despercebido ao olho do carioca. Aliás, também não adianta muita perfeição, haja vista o excesso de linha daquele indivíduo sempre ultraengomado, que lhe valeu para sempre o apelido de Carretel.

Há entre nós homens e mulheres com apelidos absolutamente notáveis. Não vou, é claro, revelar a identidade de seus portadores, muitos dos quais não conheço, porque em geral apelidos desse gênero obedecem a uma crítica um tanto cruel, a uma caricatura em palavras de defeitos ou peculiaridades. Chamar gente de nariz chato de Nariz na Vidraça pode ser muito engraçado, mas não para o possuidor do dito, seus parentes e amigos mais íntimos. Aquele rapaz, por exemplo, que cresceu demais e ficou lá em cima, com um rosto glabro e infantil, é para todos os efeitos Menino Desce do Muro. Apelido cruel, convenhamos. Aliás, para caracterizar homens altos com um certo ar oligofrênico, há outros apelidos bastante bons: Espanador da Lua, Jóquei de Elefante, Água-Furtada. Sujeito alto, de pescoço comprido, já se sabe: é Garrafa. Há um homem magro, moreno e triste, conhecido meu, que tem o apelido de Pavio. Um outro, esquelético e muito louro, de Batata Palha. Este provavelmente não gostaria de ser identificado.

Minha amiga Danuza Leão não liga a mínima (até gosta!) que a chamem Girafinha, devido ao seu lindo pescocinho espichado. E está certo, o apelido é terno. Mas coisa diferente é ser apelidado Bagaço de Cana ou Unha Encravada, como aconteceu com dois homens públicos, notórios no Brasil pela sua feiura. Ou 1001, pela falta de dois dentes na frente, ou Ovos Nevados, por causa de manchas brancas na pele. Ou Azeitona Triste, devido a uma fisionomia verdoenga, coroada por uma melancólica careca; ou Puxa a Válvula, violento apelido para um homem sujo e de mau hálito, de quem eu fujo como da peste.

Gente chata, essa tem apelidos que se vão tornando clássicos: Bolha, Pereba, Calo, Ferrinho de Dentista, Pingo d'Água, Sapato Apertado, Valha-me Deus. Pode-se apontá-los na via pública; como também àquela vulcânica moça a quem apelidaram Estraga Lares e aquela grande fã de escritores e jornalistas, que ficou conhecida como Gruta da Imprensa; e mais aquela jovem leviana que, por muito pegada, tomou a pecha de Maçaneta; e ainda aquelas outras duas bem vulgares, vampes, que passaram a ser Minhoca de Lajedo e Que Modos São Esses.

Houve um tempo em que havia aqui no Rio três lindas Elzas, excelentes moças, grandes amigas de nosso grupo. A uma, por excesso de "bondade", o carioca Lúcio Rangel apelidou de Elza Pudim Carnal; e o cronista Rubem Braga, que é de Cachoeiro de Itapemirim, mas também um bom carioca, chamou às outras duas Elza Quisera Eu e Elza Simpatia É Quase Amor. A caracterização, como se vê, nada fica a dever à biotipologia.

Chamar moça gostosa, de andar trançado, de Tico-Tico no Fubá não é nada mau. Como também me parece um achado o apelido de Festa na Cumeeira, dado aos rapazes de Copacabana, da geração Coca-Cola, pelo topete que usam na cabeleira. A propósito de penteados, há outros bons como Rabo de Peixe, para negrinhas de cabelos esticados a ferro, ou Rompe-Fronha, para quem tem cabelo cortado rente e espetado.

Gente pernóstica tem merecido, também, apelidos mais que justos, como aquele crioulo de linguagem rebuscadíssima, a quem chamaram Noite Ilustrada; ou aquele branco do mesmo teor, que ficou conhecido como Bolas de Ouro.

Ninguém escapa nesta desvairada metrópole. Capenga pode eventualmente ser chamado Pneu Furado ou Pé no Visgo. Gente de pele escalavrada, Cocada Preta; mentirosos, Palavra de Honra; pessoas com crânios e orelhas de abano, Feijoada Completa; homens corpulentos e balofos, Bolo Fofo; homossexuais muito altos, Jaca (porque é fruta grande). Sujeitos ricos e pequenininhos, Banana-Ouro; carecas totais, Ponto de Referência. Elegantes desses que usam berloques de ouro e relógios-pulseira, alfinete ou pregador de gravata e anel no minguinho, Árvore de Natal. Tipos albinos, ou muito ruivos, Tijolo ou Pinga-Fogo.

Há um amigo meu a quem apelidaram Mal Necessário. Um bom sujeito. Há um outro, que um dia, nu, foi se olhar no espelho sobre uma penteadeira que tinha uma gaveta aberta e perdeu o equilíbrio (contam seus amigos que o berro que deu foi tremendo!), a quem chamam de Gaveta.

Como se vê, tudo é pretexto para um bom apelido.

Novembro de 1953

DIA DE SÁBADO

Porque hoje é Sábado, comprei um violão para minha filha Susana, a fim de que ela aprenda dó maior e cante um dia, ao pé do leito de morte de seu pai, a valsa "Lágrimas de dor", de Pixinguinha — e seu pai possa assim cerrar para sempre os olhos entre prantos e galgar a eternidade ajudado pela mão negra e fraterna do grande valsista...

Porque hoje é Sábado, desejarei ser de novo jovem e tremer, como outrora, à ideia de encontrar a mulher casada, de pés de açucena; desejarei ser jovem e olhar, como outrora, meus bíceps fortes diante do espelho...

Porque hoje é Sábado, desejarei estar num trem indo de Oxford para Londres, e à passagem da estação de Reading lembrar-me de Oscar Wilde a escrever na prisão que o homem mata tudo o que ele ama...

Porque hoje é Sábado, desejarei estar de novo num botequim do Leblon, com meu amigo Rubem Braga, ambos negros de sol e com os cabelos, ai, sem brancores; desejarei ser de novo moreno de sol e de amores, eu e meu amigo Rubem Braga, pelas calçadas luminosas da praia atlântica, a pele salgada de mar e de saliva de mulher, ai...

Porque hoje é Sábado, desejarei receber uma carta súbita, contendo sobre uma folha de papel de linho azul a marca em batom de uns grossos lábios femininos e ver carimbado no timbre o nome Florença...

Porque hoje é Sábado, desejarei que a lua nasça em castidade, e que eu a olhe no céu por longos momentos, e que ela me olhe também com seus grandes olhos brancos cheios de segredo...

Porque hoje é Sábado, desejarei escrever novamente o poema sobre o dia de hoje, sentindo a antiga perplexidade diante da palavra escrita em poesia, e, como dantes, levantar-me com medo da coisa escrita e ir olhar-me ao espelho para ver se eu era eu mesmo...

Porque hoje é Sábado, desejarei ouvir cantar minha mãe em velhas canções perdidas, quando a tarde deixava um alto silêncio na casa vazia de tudo que não fosse sua voz infantil...

Porque hoje é Sábado, desejarei ser fiel, ser para sempre fiel; ser com o corpo, com o espírito, com o coração fiel à amiga, àquela que me traz no seu regaço desde as origens do tempo e que, com mãos de pluma, limpa de preocupações e angústia a minha fronte imensa e tormentosa...

Setembro de 1953

DO AMOR AOS BICHOS

Quem, dentre vós, já não teve vontade de ver um passarinho lhe vir pousar na mão? Quem já não sentiu a adorável sensação da repentina falta de temor de um bicho esquivo? A cutia que, num parque, faz uma pose rápida para o fotógrafo — em quem já não despertou o impulso de lhe afagar o dorso tímido? Quem já não invejou Francisco de Assis em suas pregações aos cordeirinhos da Úmbria? Quem já não sorriu ao esquilo quando o animalzinho volta-se curioso para nos mirar? Quem já não se deliciou ao contato dulcíssimo de uma pomba malferida, a tremer medrosa em nossa palma?

Eis a razão por que, semanal leitor, hoje te quero falar do amor aos bichos. Não do amor de praxe aos cachorros, dos quais se diz serem os maiores amigos do homem; nem do elegante amor aos gatos, que gostam mais da casa que do dono, conforme reza o lugar-comum. Quero falar-te de um certo inefável amor a animais mais terra a terra, como as galinhas e as vacas. Diremos provisoriamente basta ao amor ao cavalo, que é, fora de dúvida, depois da mulher, o animal mais belo da Criação. Pois não quero, aqui neste elogio, deixar levar-me por considerações éticas ou estéticas, mas apenas por um critério de humanidade. E, sob este aspecto, o que não vos poderia eu dizer sobre as galinhas e as vacas! Excelsas galinhas, nobres vacas nas quais parece dormir o que há de mais telúrico na natureza... Bichos simples e sem imaginação, o que não vos contaria eu, no entanto, sobre a sua sapiência, a sua naturalidade existencial...

Confesso não morrer de amores pelos bichos chamados engraçadinhos, ou melhor, não os levar muito em conta: porque a verdade é que amo todos os bichos em geral; nem pelos demasiado relutantes ou maníacos-depressivos, tais os veados, os perus e as galinhas-d'angola. Mas olhai uma galinha qualquer ciscando num campo, ou em seu galinheiro: que feminilidade autêntica, que espírito prático e, sobretudo, que saúde moral! Eis ali um bicho que, na realidade, ama o seu clã; vive com um fundo sentimento de permanência, malgrado a espada de Dâmocles que lhe pesa permanentemente sobre a cabeça, ou por outra, o pescoço; e reluta pouco nas coisas do amor físico. Soubessem as mulheres imitá-las e estou certo viveriam bem mais felizes. E põem ovos! Já pensastes, apressado leitor, no que seja um ovo: e, quando ovo se diz, só pode ser de galinha! É misterioso, útil e belo. Batido, cresce e se transforma em omelete, em bolo. Frito, é a imagem mesma do sol poente: e que gostoso! Pois são elas, leitor, são as galinhas que dão ovos e — há que convir — em enormes quantidades. E a normalidade com que praticam o amor?... A natureza poligâmica do macho, que é aparentemente uma lei da Criação, como é bem aceita por essa classe de fêmeas! Elas se entregam com a maior simplicidade, sem nunca se perder em lucubrações inúteis, dramas de consciência irrelevantes ou utilitarismos sórdidos, como acontece no mundo dos homens. E tampouco lhes falta lirismo ou beleza, pois muito poéticas põem-se, no entardecer, a cacarejar docemente em seus poleiros; e são belas, inexcedivelmente belas durante a maternidade.

Assim as vacas, mas de maneira outra. E não seria à toa que, a mais de tratar-se de um bicho contemplativo, é a vaca uma legítima força da natureza — e de compreensão mais sutil que a galinha, por isso que nela intervêm elementos espirituais autênticos, como a meditação filosófica e o comportamento plástico. De fato, o que é um campo sem vacas senão mera paisagem? Colocai nele uma vaca e logo tereis, dentro de concepções e cores diversas, um Portinari ou um Segall. A "humanização" é imediata: como que se cria uma ternura ambiente. Porque doces são as vacas em seu constante ruminar, em sua santa paciência e em seu jeito de olhar para trás, golpeando o ar com o rabo.

Bichos fadados, pela própria qualidade de sua matéria, à morte violenta, impressiona-me nelas a atitude em face da vida. São generosas, pois vivem de dar, e dão tudo o que têm, sem maiores queixas que as do trespasse, transformando-se num número impressionante de utilidades, como alimentos, adubos, botões, bolsas, palitos, sapatos, pentes e até tapetes — pelegos — como andou em moda. Por isso sou contra o uso de seu nome como insulto. Considero essa impropriedade um atentado à memória de todas as galinhas e vacas que morreram para servir ao homem. Só o leite e o ovo seriam motivo suficiente para se lhes erguer estátua em praça pública. Nunca ninguém fez mais pelo povo que uma simples vaca que lhe dá seu leite e sua carne, ou uma galinha que lhe dá seu ovo. E se o povo não pode tomar leite e comer carne e ovos diariamente, como deveria, culpem-se antes os governos, que não os sabem repartir como de direito. E abaixo os defraudadores e açambarcadores que deitam água ao leite ou vendem o ovo mais caro do que custa ao bicho pô-lo!

E, uma vez dito isto, caiba-me uma consideração final contra os bichos prepotentes, sejam eles nobres como o leão ou a águia, ou furbos como o tigre ou o lobo: bichos que não permitem a vida à sua volta, que nasceram para matar e aterrorizar, para causar tristeza e dano; bichos que querem campear, sozinhos, senhores de tudo, donos da vida; bichos ferozes e egoístas contra o povo dos bichinhos humildes, que querem apenas um lugar ao sol e o direito de correr livremente em seus campos, matas e céus. Para vencê-los que se reúnam todos os outros bichos, inclusive os domésticos "mus" e "cocoricós", porque, cacarejando estes, conglomerando-se aqueles em massa pacífica mas respeitável, não prevalecerá contra eles a garra do tigre ou o dente do lobo. Constituirão uma frente comum intransponível, a dar democraticamente leite e ovos em benefício de todos, e destemerosa dos rugidos da fera. Porque uma fera é em geral covarde diante de uma vaca disposta a tudo.

1965

SOBRE O AUTOR

MARCUS VINICIUS DE MELO MORAES nasceu no dia 19 de outubro de 1913, na ilha do Governador, no Rio de Janeiro, em uma família de artistas: a mãe era pianista e o pai, poeta. Aos sete anos de idade, escreveu seu primeiro poema; e, aos catorze anos, com os irmãos Tapajós (Paulo, Haroldo e Oswaldo), compôs suas primeiras canções. Teve um poema publicado pela primeira vez em 1932, na revista católica *A Ordem*, chamado "A transfiguração da montanha"; e, em livro, sua estreia aconteceu em 1933, quando tinha dezenove anos, com *O caminho para a distância*. No mesmo período, Vinicius se formou em direito e terminou um curso de preparação de oficiais da reserva do Exército.

Foi jornalista, crítico de cinema e, em 1943, ingressou na carreira diplomática, que o levaria a morar em cidades como Los Angeles, Paris e Londres. Ajudou a fundar a bossa nova, compondo canções que ficaram famosas, além de publicar inúmeros livros — de poemas, de crônicas e de contos. Morreu no dia 9 de julho de 1980, em casa, depois de uma reunião com Toquinho, com quem trabalhava na versão musical dos poemas do livro infantil *A arca de Noé*. Os contos desta antologia foram retirados

dos livros *Para viver um grande amor* e *Para uma menina com uma flor* (Companhia das Letras).

ESTA OBRA FOI COMPOSTA POR ACOMTE EM
BERLING E IMPRESSA PELA RR DONNELLEY EM OFSETE SOBRE
PAPEL PÓLEN SOFT DA SUZANO PAPEL E CELULOSE PARA A
EDITORA SCHWARCZ EM SETEMBRO DE 2013

A marca FSC® é a garantia de que a madeira utilizada na fabricação do papel deste livro provém de florestas que foram gerenciadas de maneira ambientalmente correta, socialmente justa e economicamente viável, além de outras fontes de origem controlada.